KB251435
To.
From.

왕의 신부

왕의 신부

E. T. A. 호프만 지음
장혜경 옮김

작가 소개

E. T. A. 호프만(1776~1822)은 독일 후기 낭만주의를 대표하는 작가이자, 음악가·화가·법관이라는 여러 얼굴을 동시에 지닌 예술가였다. 그는 1776년 프로이센의 쾨니히스베르크에서 태어나 법학을 전공하고 법관으로 일했으나, 밤에는 글을 쓰고 음악을 작곡하며 그림을 그리는 이중 생활을 이어갔다. 어린 시절부터 음악에 깊이 매료되었던 그는 특히 모차르트에 대한 존경으로 본명 '빌헬름'을 '아마데우스'로 바꾸었는데, 이는 그의 예술적 정체성을 상징적으로 보여준다.

나폴레옹 전쟁으로 관직을 잃은 시기에는 음악가로 활동하며 오페라 〈운디네〉를 작곡했다.

문학에서는 비교적 늦은 나이에 등단했으나, 1810년대 이후 폭발적인 창작력을 보여주며 〈황금 단지〉, 〈악마의 묘약〉, 〈모래 사나이〉, 〈호두까기 인형과 생쥐 대왕〉, 〈수고양이 무어의 인생관〉 등 독창적인 작품들을 잇달아 발표했다. 그의 소설은 일상적 현실 속에 갑작스레 스며드는 환상, 인간 내면의 분열과 광기, 꿈과 무의식의 세계를 정교하고도 기괴한 방식으로 묘사한다.

이성적 질서와 조화를 중시한 고전주의와 달리, 호프만은 설명 불가능한 공포와 매혹을 문학의 중심에 놓으며 낭만주의 문학의 새로운 가능성을 열었다.

호프만은 에드거 앨런 포, 보들레르, 발자크, 고골 등 문인들에게 깊은 영감을 주었고, 많은 음악 작품의 원천이 되었다. 46세라는 이른 나이에 생을 마쳤지만, 호프만은 환상적 상상력과 예리한 심리 묘사로 오늘날까지도 시대를 앞서간 천재로 평가받고 있다.

차례

일러두기

-이 책의 맞춤법은 '한글 맞춤법'의 허용 기준을 따르는 것을 원칙
  으로 하였다.
-모든 주석은 옮긴이 주다.

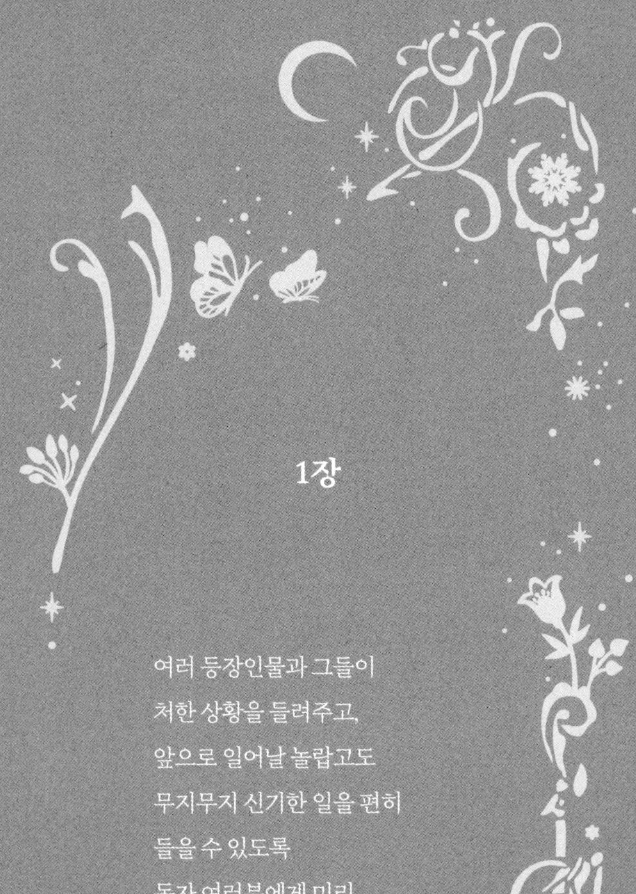

1장

여러 등장인물과 그들이

처한 상황을 들려주고,

앞으로 일어날 놀랍고도

무지무지 신기한 일을 편히

들을 수 있도록

독자 여러분에게 미리

마음의 준비를 시킵니다.

그해에는 풍년이 들었어요. 초록 물결 일렁이는 밭에서는 호밀과 밀, 보리와 귀리가 쑥쑥 자랐고, 아이들은 콩을 따 먹고 소는 토끼풀을 뜯었답니다. 나무마다 열매가 어찌나 많이 열렸던지 다 쪼아 먹겠다고 달려든 참새 떼마저 한꺼번에 다 먹지를 못해서 어쩔 수 없이 절반은 남겨야 했지요. 자연이 차려내어 준 큰 잔칫상에서 세상 만물이 매일매일 포식을 했답니다. 그중에서도 답술 폰 차벨타우 씨네 채소밭이 일등이었어요. 채소가 어찌나 잘 자랐는지 안나 양이 너무 좋아 정신을 잃었대도 놀라운 일은 아니었지요.

답술 폰 차벨타우 씨와 안나 양, 이 두 사람이

누구인지부터 얼른 말씀드려야 할 것 같네요.

친애하는 독자여, 당신이 언젠가 여행을 하다가 정겨운 마인강이 흐르는 아름다운 고장에 닿을 수도 있을 겁니다. 봉긋 떠오른 햇살에 금빛으로 반짝이는 밭 너머로 훈훈한 아침 바람이 향긋한 숨결을 불어 보냅니다. 비좁은 마차가 답답해서 견딜 수 없는 당신은 마차에서 내려 아담한 숲으로 들어갑니다. 마차를 타고 계곡으로 내려올 때 숲 뒤편에 작은 마을이 있는 걸 보았거든요. 그런데 이 작은 숲에서 별안간 키가 크고 비쩍 마른 남자가 마주 걸어오고 있습니다. 행색이 유별나서 절로 눈길이 가네요. 남자는 칠흑 같은 가발에다 작은 회색 펠트 모자를 쓰고 있습니다. 모자만이 아니었지요. 저고리와 조끼, 바지는 물론이고 양말과 신발까지 전부 다 회색이고, 심지어 들고 있는 아주 기다란 지팡이마저도 회색 칠을 했네요. 남자가 성큼성큼 당신에게로 걸어옵니다. 그런데 움푹 꺼진 큰 눈으로 당신을 노려보면서도 당신을 전혀 못 알아보는 것 같습니다. 그래서 당신은 그와 거의 부딪칠 뻔한 순간에 큰 소리로

"안녕하세요!"

라며 인사를 건넵니다. 남자는 깊은 꿈에서 문득 깬 사람처럼 듯 움칠하더니 모자를 살짝 올리고는 쉰 목소리로 울먹이며 말합니다.

"안녕하냐고요? 아, 네, 우리가 이렇게 안녕하니 얼마나 다행인지 모르겠어요. 불쌍한 산타크루즈 주민들은…… 조금 전에 지진이 두 번이나 났는데 이제 장대비까지 쏟아지고 있어요!"

친애하는 독자여, 당신은 이 이상한 남자에게 뭐라고 대답해야 좋을지 몰라 고민에 빠질 겁니다. 하지만 그 고민이 채 끝나기도 전에 남자는

"실례합니다."

라면서 당신의 이마를 살살 만지고 당신의 손바닥을 들여다봅니다. 그리고는 이렇게 말하지요.

"행운이 함께하기를 바랄게요. 손금이 좋네요."

그는 이 말도 아까처럼 울먹이는 쉰 목소리로 하고는 가던 길을 계속 걸어갑니다. 이 별난 남자가 바로 답술 폰 차벨타우 씨였고요, 그 답술 씨가 유일하게 상속받은 보잘것없는 재산이 바로 작은 마을 답술하임이랍니다. 정말로 참하고 재미난 고장에 터를 잡은 그 마을로 지금 막 당신이 들어온 것이지요.

당신은 출출해서 아침 먹을 주막을 찾아 들어가지만, 주막 몰골이 영 썰렁합니다. 성축일에 있던 음식을 다 먹어치웠다는군요. 우유만으로는 배가 차지 않아서 물어보니 영주의 저택으로 가 보라고 합니다. 거기 가면 마음씨 고운 안나 양이 집에 있는 음식을 아낌없이 내어준다고요. 당신은 주저 없이 그곳으로 걸어갑니다. 이 저택에 관해서라면, 창문과 문이 그 옛날 베스트팔렌에 있던 톤더통크통크 남작의 성과 진짜 똑같이 생졌다는 것 말고는 달리 할 말이 없습니다. 그래도 뉴질랜드풍으로 새긴 차벨타우 가문의 목재 문장만은 대문 위에서 위엄을 뽐내고 있지요. 물론 이 집이 요상하게 생긴 이유는 딴 데 있습니다. 집의 북쪽 면이 무너진 옛 성의 둥근 담에 기대어 있어서 그 옛 성의 문이 집의 뒷문이고, 그 문을 지나면 바로 성의 안마당이 나오는데 마당 한가운데에 지금도 높다란 둥근 망루가 옛 모습 그대로 서 있기 때문입니다.

가문의 문장이 달린 대문에서 젊은 처녀가 볼을 붉히며 당신을 맞이합니다. 파란 눈동자가 맑고 머리는 금발이어서 아주 예쁘다고 말할 수 있겠으나 다만 몸매가 좀 통통하니 실팍하군요. 친절하기 이를 데 없는 그녀가 당신을 집 안으로 들이고는 당신의 시장기를 눈치채자마자 일 등급 우유에 먹음직한 버터 빵 한 조각, 바윤에서 만든 것 같은 생햄, 사탕무 브랜디를 차려줍니다. 이 처녀가 바로 안나 폰 차벨타우 양이지요. 그녀가 상을 차리면서 신이 나서 농사일 이야기를 마음껏 털어놓는데, 듣다 보니 정말 모르는 것이 없습니다. 그런데 갑자기 어디선가 쩌렁쩌렁 무서운 목소리가 울립니다. 목소리가 공중에서 내려오는 것 같습니다.

"안나야! 안나! 안나야!"

당신이 화들짝 놀라자 안나 양이 아주 다정하게 말합니다.

"아버지가 산책 갔다 돌아오셔서 서재에서 아침을 달라고 부르시는 거예요."

"서재에서 부른다고요?"

당신은 놀라서 묻습니다.

"네. 아버지 서재가 저 위 탑에 있어서요. 아버지가 확성기로 저를 부르시거든요."

안나 양이 대답합니다. 사람들은 안나 양을 애칭으로 앤헨[*] 이라고도 부르지요.

---

[*] 독일어에서는 명사 뒤에 축소형 어미 —헨chen을 붙여서 애칭으로 쓴다. rau(여자)에 chen을 붙여 Fräuchen이 되면 '아가씨'

친애하는 독자여, 안나 양이 좁다란 탑 문을 열고서 당신이 방금 먹은 음식과 똑같은 아침 식사, 그러니까 먹음직스러운 햄과 빵, 사탕무 브랜디를 챙겨 들고 후다닥 뛰어 올라가네요. 하지만 갈 때도 빠르더니 올 때도 어찌나 빠른지, 그녀는 어느새 당신 곁으로 돌아와 당신을 잘 키운 채소밭으로 데리고 가서는 무슨 채소가 자라고 있는지 가르쳐줍니다. 알록달록 깃털, 라푼젤, 영국 순무, 작은 녹색 머리, 몽트뢰, 무굴 제국 황제, 노란 왕자 머리 등등 어찌나 종류가 많은지 당신은 정말이지 깜짝 놀라지요. 그 고상한 이름들이 알고 보면 다 양배추와 양상추라는 걸 몰랐으니 더 놀랄 수밖에요.

친애하는 독자여, 답술하임에 온 지 얼마 되지는 않았어도 이미 충분히 이 집 상황을 짐작했을

라는 뜻이 되고, Maus(쥐)에 chen을 붙여 Mäuschen이 되면 '작은 쥐'라는 뜻으로 연인들 사이에 애칭으로 쓸 수 있다.

것으로 믿고, 이제부터는 당신에게 이 집의 믿기 힘든 온갖 이상한 이야기들을 들려드리겠습니다. 어릴 때만 해도 답술 폰 차벨타우 씨는 부모님이 사시는 성 바깥으로 나갈 일이 별로 없었답니다. 부모님이 돈이 많아서 아들을 가르칠 가정 교사를 집으로 들였거든요. 그런데 아이가 그 괴팍한 늙은이한테서 외국어, 특히 동양 언어를 배우다가 그만 신비주의, 더 정확히 말해 희한한 비밀 짓거리들을 좋아하게 되었답니다. 가정 교사가 세상을 뜨자 답술 씨는 그의 책을 몽땅 물려받았고, 그 책에 푹 빠져 살았지요. 그러다가 부모님마저 돌아가시자 답술 씨는 먼 나라로 여행을 떠났습니다. 가정 교사가 그의 마음에 새겨준 나라, 이집트와 인도로 말이에요. 오랜 세월이 흐른 후 답술 씨가 마침내 집으로 돌아왔더니, 사촌이 그의 재산을 어찌나 열심히 관리하고 있었던지 남은 재산이 답술하임 마을밖에 없었답니다. 그러나 저 높은 곳에서 눈부시게 빛나는 황금을 좇느라 속세의 일에는 아무 관심이 없던 답술 씨는 오히려 정겨운 답술하임 마을을 남겨준 사촌에게 진심으로 감사했지요. 그곳에 천문대로 쓰려고 지은 것 같은 멋지고 높은 망루가 있었는데, 답술 폰 차벨타우 씨가 마을로 가자마자 그 망루 꼭대기에다 자기 서재를 꾸몄거든요. 세심한 사촌은 온갖 이유를 들어 답술 폰 차벨타우 씨에게 결혼을 하라고 졸랐습니다. 답술 씨도 결혼할 필요가 있겠다고 생각해서 사촌이 신붓감을 골라주자마자 바로 결혼식을 올렸고요. 하지만 아내는 집으로 들어온 속도만큼 빠르게 다시 집을 떠나고 말았습니다. 딸 하나를 낳고는 그만 눈을 감고 말았거든요. 그래도 결혼식을 준비해 주었던 사촌이 아이의 세례식과 아내의 장례식까지 도맡아 준 덕분에 답술 씨는 그 모든 일에 크게 신경 쓰지 않고서 탑 꼭대기에서 시간을 보낼 수 있었지요. 더구나 그 시간 내내 정말로 이상한 혜성 하나가 하늘에 떠 있었는데, 울

적한 성격이어서 늘 불행을 예감하는 답술 씨는
그 별자리가 자신과 관련이 있다고 믿었답니다.
　아이는 연로한 종고모가 키워주셨는데, 아이
가 농사일을 좋아하자 고모는 정말로 기뻐하셨
지요. 안나 양은 말 그대로 바닥에서 시작했답니
다. 거위 치기 소녀에서 시작해 하녀로 올라갔고,
하녀장으로, 집사로 승격했다가 마침내 안주인
자리를 꿰찼으니, 농사 지식을 잘 익히고 써먹어
서 보람찬 결실을 맺은 것이지요. 안나 양은 거
위, 오리, 닭, 비둘기, 소, 양들을 무지무지 사랑했
고, 예쁜 돼지 새끼한테도 무심하지 않아 살뜰히
키웠답니다. 물론 아무리 그래도 옛날 어느 나라
에 살았다던 아가씨처럼 작고 하얀 새끼 돼지에
게 리본과 방울을 매달아 주고 반려동물로 삼은
것은 아니었지요. 그 모든 가축보다도, 심지어 과
수원보다도 안나 양은 채소밭을 훨씬 더 아꼈거
든요. 친애하는 독자께서도 안나 양과 이야기를
나누어보았으니 눈치채셨겠지만, 안나 양은 농

사에 해박한 종고모 덕분에 채소 재배에 관해 아는 것이 정말로 많았답니다. 또 밭을 갈고 씨를 뿌리고 모종을 심을 때도 옆에 서서 지시만 내리지 않고 직접 발을 걷어 올리고 밭으로 들어갔지요. 삽질도 어찌나 잘하는지, 샘이 나서 트집을 잡고 싶어도 도무지 잡을 데가 없었답니다. 그래서 연로한 종고모가 돌아가시고 답술 폰 차벨타우 씨가 여전히 별을 관찰하고 다른 신비한 일에 푹 빠져 지냈어도, 안나 양이 살림을 도맡아 척척 집안을 꾸렸어요. 답술 씨가 하늘의 일을 좇는 동안 속세의 일은 성실하고 똑똑한 안나 양의 몫이었던 거지요.

앞에서도 말했듯이 올해는 채소밭 농사가 어찌나 잘되었는지, 안나 양이 거의 제정신이 아니었대도 놀랍지 않았답니다. 그중에서도 당근이 제일 잘 자라서 수확량이 엄청날 것으로 기대했지요.

"와, 저 예쁜 내 당근 좀 봐!"

안나 양은 연신 탄복했고, 크리스마스 선물을 잔뜩 받은 아이처럼 손뼉을 치고 깡충깡충 뛰며 춤을 추었습니다. 땅에 묻힌 아기 당근들도 좋아하는 안나 양을 보고서 따라 기뻐하는 것 같았어요. 가냘프지만 누가 들어도 들릴 정도로 웃음소리가 밭에서 올라왔거든요. 그러나 안나 양은 웃음소리에는 아랑곳하지 않고 편지를 높이 쳐들고서 자기를 부르는 하인한테로 쪼르르 달려갔습니다.

"안나 아가씨, 아가씨한테 온 편지예요. 고트리프가 시내에 나갔다가 편지를 들고 왔네요."

안나 양은 봉투에 적힌 이름을 보고서, 편지를 보낸 이가 아만두스 폰 네벨슈테른 씨라는 걸 대번에 알았습니다. 아만두스는 이웃에 사는 대지주의 외아들인데, 지금 대학에서 공부를 하고 있었지요. 그렇지만 아버지의 집을 떠나기 전까지는 하루가 멀다고 답술하임으로 달려와서, 자기는 평생 안나 양 말고는 누구도 사랑하지 않을 거라고 다짐했답니다. 안나 양도 갈색 곱슬머리 아만두스 말고는 누구도 눈곱만큼도 좋아하지 않으리라는 걸 잘 알고 있었고요. 그래서 안나와 아만두스, 둘은 될 수 있는 대로 빨리 결혼을 해서 온 세상을 다 털어 가장 행복한 부부가 되기로 마음을 모았지요. 그런데 원래는 명랑하고 대범하던 아만두스가 대학에 가더니 어찌 된 영문인지 자기가 엄청난 시의 천재라는 착각에 빠졌을 뿐 아니라, 심하다 싶을 정도로 열정을 불태우며 시를 지어댔답니다. 시를 어찌나 잘 지었던지, 천박한 산문 작가들이 오성과 이성[*]이라 부르는 그 모든 것을 금방 훌쩍 뛰어넘어버렸지요. 산문 작가들은 아무리 상상력이 왕성한 인간도 오성과 이성은 간직할 수 있다고 주장했지만, 아

---

[*] 독일 철학의 핵심 용어로, 칸트의 경우 둘을 엄격히 구분하기도 했지만, 여기서는 감정 혹은 감정에 반대되는 지성, 상상력 정도로 읽어도 무방하다.

만두스 씨를 보면 그 말은 틀린 것이 분명했어요. 어쨌든 편지는 청년 아만두스 폰 네벨슈테른 씨한테서 온 것이어서 안나 양은 좋아 어쩔 줄 몰라 하며 편지를 뜯어 읽었답니다.

천상의 여인이여!

그대, 보이는가요? 느끼고 예감하나요? 그대의 아만두스는 안개 낀 저녁의 오렌지 꽃향기에 에워싸여 풀밭에 누운 채 경건한 사랑과 그리운 마음 가득한 눈으로 하늘을 올려다봅니다. 백리향과 라벤더, 장미와 패랭이꽃에 노란 꽃술의 수선화와 수줍은 제비꽃까지 한데 엮어 그가 화관을 만드네요. 이 꽃들은 내 사랑 생각, 당신 생각입니다. 오, 안나! 허나 열정으로 뜨거운 입술에 삭막한 산문이 어울릴까요? 들어요. 오, 들어주세요. 나는 소네트[**]로만

___

** 14행의 짧은 시로 이루어진 서양 시가.

사랑할 수 있고, 내 사랑을 말할 수 있으니!

수천 개의 목마른 태양에서
사랑이 타오르네.
아, 가슴속 욕망이 욕망에게
그토록 구애하노니,
어두운 밤하늘에서 별빛이 쏟아져 내려
사랑의 눈물로 채운 샘에 비치는구나.

황홀이여, 아! 강렬한 기쁨이
으스러뜨리는구나,
쓰디쓴 씨앗에서 돋아난 그 달콤한 열매를.
보랏빛 먼 곳에서 그리움이 손짓하고,
사랑의 고통에 빠져 나의 존재는
녹아 사라지네.

불의 물결에 휩쓸려 거친 파도가 울부짖는데
담대한 자가 느닷없이

까마득한 저 아래로 용감하게

뛰어내리는구나.

근처 해안에는 히아신스가 꽃을 피우고

정절의 심장은 비록 피 흘리다 죽을지라도

싹을 틔운다네.

심장의 피는 그 자체가 세상에서

가장 아름다운 뿌리일지니!

오, 안나! 이 시를 쓰고서 감격에 겨워서 삶의 완성을 예감하는 나의 동지들에게 이 시를 낭송해 주던 순간 나의 온 존재를 녹여버렸던 그 천상의 황홀이 그대 마음에도 가득 차기를. 사랑스러운 그대, 생각해 줘요. 오! 생각해 주세요. 충직하고 더없이 황홀한 그대의 아만두스 폰 네벨슈테른을.

추신: 경건한 그대여, 답장 보낼 때 그대가 직접 재배한 버지니아 담배 몇 파운드를 잊지 말고 꼭

같이 넣어줘요. 그게 잘 타고, 맛도 여기 대학생들이 술집에서 피우는 푸에르토리코 담배보다 훨씬 맛있거든요.

안나 양은 편지에 입을 맞추더니 말했습니다.
"아, 정말 멋지고 아름다워! 너무너무 잘 쓴 시야. 운율이 딱딱 맞아떨어지네. 아, 내가 똑똑해서 시를 다 이해할 수 있다면 좋겠지만, 그건 대학생이나 할 수 있을 테지. 뿌리가 대체 무슨 뜻일까? 아, 분명 기다란 영국 홍당무일 거야. 설마 머리카락이 길고 아름다운 라푼젤을 말하는 걸까? 귀여워라!"

안나 양은 그날로 담배를 싸고, 교장 선생님께 드릴 제일 고운 거위 깃털 열두 개도 골랐습니다. 그 깃털을 꼼꼼히 깎아서 펜으로 쓰시라고요. 또 그날이 가기 전에 책상에 앉아서 소중한 편지에 답장을 쓰려고 했어요. 그건 그렇고 이번에도 안나 양이 채소밭을 나올 때 귀에 들릴 정도로 웃음소리가 들렸답니다. 안나 양이 조금만 신경을 썼더라면 틀림없이 그 가느다란 목소리를 들었을 겁니다. 이렇게 외치는 소리를 말이에요.

"날 뽑아줘. 날 뽑아줘. 나 다 익었어. 익었다고. 익었단 말이야."

하지만 이미 말했듯 안나 양은 통 신경을 쓰지 않았지요.

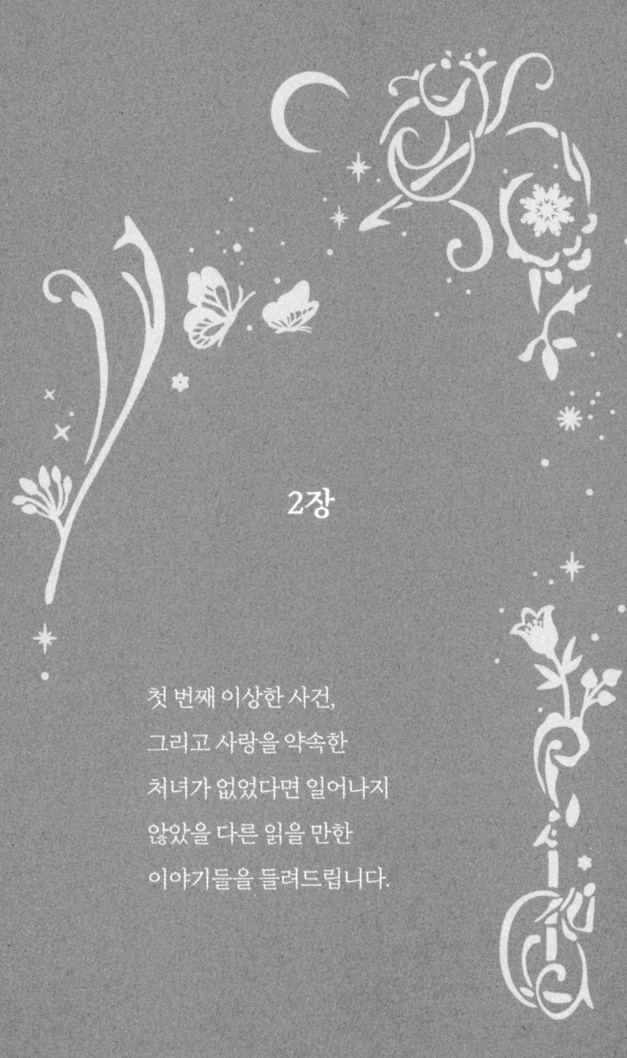

2장

첫 번째 이상한 사건,

그리고 사랑을 약속한

처녀가 없었다면 일어나지

않았을 다른 읽을 만한

이야기들을 들려드립니다.

평소 답술 폰 차벨타우 씨는 점심 무렵에 천문대 탑에서 내려와서 딸과 함께 소박한 점심을 먹었습니다. 하지만 별말 없이 후다닥 밥만 먹었지요. 답술 씨가 워낙 말하는 걸 싫어했거든요. 안나 양도 좀처럼 말을 많이 해서 아버지를 성가시게 하는 일이 없었어요. 더구나 어쩌다 아버지의 말문이 터지기라도 하면 온갖 이해하기 힘든 이상한 이야기를 늘어놓는 통에 머리가 빙빙 돌기 때문에 더욱 말수를 줄였답니다. 그러나 오늘 안나 양은 채소밭에 풍년이 들고 사랑하는 아만두스가 편지를 보내는 통에 너무도 마음이 들떠서 끝도 없이 그 두 가지 일을 두서도 없이 지껄여 댔답니다. 결국 참다못한 답술 폰 차벨타우 씨가 칼과 포크를 내려놓고는 귀를 막으며 고함치기 시작했지요.

"아, 이 무슨 알맹이도 없고 어수선하고 정신 없는 수다란 말이냐!"

화들짝 놀란 안나 양이 입을 다물자, 답술 씨는 특유의 느리고 울먹이는 말투로 이렇게 말했습니다.

"얘야, 채소라면 나는 벌써 알고 있었단다. 올해는 별의 움직임이 그런 농작물에 특히 유리하거든. 그러면 지상의 인간들이 양배추와 무와 양상추를 많이 먹고 많이 쌀 테니, 자연히 토양 물질이 늘어날 것이고, 토양은 뜨거운 정령의 불길을 잘 빚은 항아리처럼 무사히 견딜 것이다. 대지의 정령 놈Gnome이 호전적인 불의 정령 샐러맨더에 맞설 것이며, 나는 네가 기막히게 요리한 미나리를 먹을 생각에 벌써 마음이 설레는구나. 아만두스 폰 네벨슈테른 군이라면, 나는 조금도 반대하지 않으니 대학을 마치자마자 결혼하려무나. 결혼식 할 때 고트리프를 올려 보내 알려 주면 내가 너희와 같이 교회에 가마.”

답술 씨는 잠시 입을 다물었고, 너무 좋아 얼굴이 새빨개진 안나 양은 쳐다도 보지 않고서 미소를 지으며 포크로 유리잔을 두들겼어요. 그는 이 두 가지 동작을 항상 동시에 했거든요. 물론 그런 동작을 하는 일이 좀처럼 드물었지만 말이에요. 답술 씨가 하던 말을 계속했어요.

“아만두스 군은 할 일이 있는 사람이란다. 사명이 있다는 말이지. 안나야, 솔직히 말하면 나는 아주 오래전에 이미 별점으로 그 사명을 알았단다. 그것만 빼면 별자리는 대체로 좋아. 아만두스 군은 금성과 60도 각도인 승교점[*]에 목성이 있거든. 다만 시리우스[**]의 궤도와 교차하는 것이 아쉽기는 하구나. 바로 그 교차점에 큰 위험

———

[*] 천체의 궤도가 남쪽에서 북쪽으로 올라가면서 황도면(黃道面)과 만나는 점.
[**] 큰개자리에서 가장 밝은 청백색의 별.

이 도사리고 있어서 그가 자기 신부를 그 위험에서 구해내어야 하니까 말이다. 그 위험이 무엇인지는 알 수가 없구나. 점성학을 방해하는 것 같은 낯선 존재가 그 틈에 끼어있어서 말이야. 어쨌거나 확실한 건 아만두스 군이 신부를 구하려면 사람들이 멍청하다거나 미쳤다고 말하는 그런 남다른 정신 상태가 되어야만 한다는 거야. 아, 우리 딸.”

(이 지점에서 답술 씨는 다시 평소의 울먹이는 목소리로 돌아갔어요.)

“애야, 의뭉스럽게 내 예언의 눈을 피해 숨은 무서운 힘이 느닷없이 네 앞길을 가로막지 않았으면 좋겠구나. 아만두스 군이 너를 노처녀로 늙힐 위험 말고는 다른 위험은 없었으면 좋겠고!”

답술 씨는 몇 번 한숨을 푹 쉬고는 하던 말을 이어갔습니다.

“그래도 그 위험만 지나가면 순식간에 시리우스 궤도가 끊어지고 평소 떨어져 있는 금성과 목성이 사이좋게 다시 만날 것이다.”

답술 폰 차벨타우 씨가 오늘처럼 말을 많이 한 것은 몇 년 만에 처음이었지요. 그래서 지칠 대로 지쳐 겨우겨우 몸을 일으킨 답술 씨는 다시 자기 탑으로 올라갔습니다.

이튿날 날이 밝자마자 안나 양은 아만두스 씨에게 보낼 답장을 완성했어요. 이런 내용이었답니다.

사랑하는 나의 아만두스!

당신의 편지를 받고 제가 얼마나 기뻤는지, 당신은 절대 모르실 거예요. 아버지께 그 말씀을 드렸더니 결혼식에 함께 가시겠다고 약속하셨어요. 당신은 얼른 공부를 마치고 돌아오기만 하면 돼요. 아, 운율을 그리도 멋지게 맞춘 당신의 아름다운 시를 저도 온전히 이해할 수 있다면 얼마나 좋을까요. 제 입으로 크게 소리 내어 낭송할 때면 구절 구절이 너무도 아름답고 저도 다 알아들은 것 같지만, 그러다가도 다시 다 끝나 흩어져 날아가 버리고, 짝이 안 맞는 낱말들만 읽은 것 같거든요. 교장 선생님은 그게 새로운 고상한 언어라 당연히 그럴 거라고 하시지만, 저는, 아! 저는 바보 같고 단순한 사람이랍니다. 어떻게 생각하세요? 제가 살림도 소홀히 하지 않으면서 잠시 대학에서 공부할 수는 없을까요? 아무래도 안 되겠지요? 그러니 우리가 부부가 된 뒤에 당신께 학식과 새로운 고상한 언어를 배우렵니다. 사랑하는 나의 아만두스, 버지니아 담배를 보내요. 제 모자 상자에 최대한 꽉꽉 채웠어요. 새로 산 제 밀짚모자는 우리 응접실에 발도 없이 서 있는 카를 대제 머리에 씌워놓았어요. 당신도 아시다시피 흉상이니까요. 아만두스, 비웃지 마세요. 저도 시를 썼답니다. 운도 잘 맞아요. 배우지도 않았는데 이렇게 운도 잘 맞출 줄 알다니, 어찌된 영문인지 모르겠어요.

한번 들어보세요.

그대 멀리 있어도, 나 그대를 사랑하여

한시바삐 그대의 아내가 되고 싶어요.

맑은 하늘은 푸르고,

밤이면 온 별이 황금으로 물들어요.

그러니 그대 늘 날 사랑하고

절대 날 슬프게 하지 말아요.

당신께 버지니아 담배를 보내니

담배가 아주 맛있으면 좋겠네요!

예쁘게 봐주세요. 저도 고상한 언어를 익히면 더 잘 쓸 거예요. 올해는 노란 돌대가리가 유난히 잘 되었어요. 강낭콩도 조짐이 좋고요. 그런데 어제 못된 수거위가 우리 집 닥스훈트 펠트만의 다리를 사정없이 물어버렸지 뭐예요. 세상만사가 다 완벽할 수는 없나 봐요. 사랑하는 나의 아만두스, 마지막으로 끝없는 키스를 보냅니다.

　—당신의 충실한 신부, 안나 폰 차벨타우

　추신. 너무 서두르는 바람에 여기저기 글자가 좀 삐뚤어요.

　추신. 그래도 저를 미워하시면 안 돼요. 글자는 좀 비뚤어도, 제 마음은 곧고 저는 늘 당신의 충실한 안나랍니다.

　추신. 어머, 또 까먹을 뻔했네요. 아무래도 까마귀고기를 삶아 먹었나 봐요. 아버지께서 당신께 안부를 전하시면서 당신은 할 일이 있는 사람이고 언젠가 저를 큰 위험에서 구해줄 거라고 하셨어요. 그래서 전 정말 기뻐요. 다시 한번 말하지만, 저는 당신을 더없이 사랑하는 세상 제일의 충실한 안나 폰 차벨타우랍니다.

편지를 마친 안나 양은 한시름 놓았습니다. 편지 쓰기가 적잖이 부담스러웠거든요. 봉투에 주소와 이름도 다 쓰고, 종이를 태우거나 손가락을 데지 않고 무사히 봉인까지 마치자 마음이 날아 갈 듯 가볍고 신이 났습니다. 안나 양은 담배 상 자 위에 잘 보이게끔 A. v. N.*이라고 붓으로 쓴 뒤에 고트리프를 불러 담배 상자와 편지를 건네 주면서 시내 우체국으로 심부름을 보냈습니다. 그리고는 마당으로 가서 닭과 오리를 잘 보살핀 후 제일 좋아하는 채소밭으로 얼른 달려갔지요. 당근밭에 도착하자 누가 봐도 때가 되었다는 생 각이 들었어요. 시내의 미식가들을 생각해서 먼 저 익은 당근을 수확할 때라는 걸 말이에요. 안 나 양은 일손을 도울 하녀를 불렀어요. 그리고 는 조심조심 밭 한가운데로 들어가서 실한 당근 한 뿌리를 붙잡았습니다. 그런데 녀석을 잡아당 기자 이상한 소리가 들리는 거예요. 그렇다고 해 서 맨드레이크**를 떠올리지는 마세요. 녀석을

—

* 아만두스 폰 네벨슈테른의 약자.
** 남부 유럽·지중해 인근에 자생하는 가지과 맨드레이크속 식
물로, 뿌리가 인체 모양이고 강력한 알칼로이드 성분 탓에 환
각·마취 효과가 있다. 전설에 따르면 맨드레이크를 뽑을 때

땅에서 뽑아 올릴 때 가슴 찢는 끔찍한 울음소리와 비명이 들렸다고 상상하지도 마세요. 땅에서 올라오는 것 같은 그 소리는 그런 소리가 아니라 신이 나서 터진 가느다란 웃음소리 같았거든요. 안나 양은 당근을 잡고 있던 손을 놓고 깜짝 놀라 소리쳤지요.

"아니, 누가 날 비웃는 거야?"

하지만 아무 소리도 나지 않자 안나 양은 다른 당근보다 더 쑥 튀어나오고 더 실한 그 당근 뿌리를 다시 붙잡았고, 또 웃음소리가 들렸어도 이번에는 개의치 않고 제일 예쁘고 제일 야들야들한 그 당근을 힘껏 잡아당겼어요. 그런데 당근을 쳐다본 안나 양이 너무 좋은 나머지 어찌나 크게 비명을 질렀던지 하녀가 놀라서 달려왔고, 하녀도 그 멋진 기적을 확인하고는 역시나 큰 소리로 비명을 질렀답니다. 불꽃처럼 반짝이는 황옥이

그 뿌리가 끔찍한 비명을 지르는데, 그 소리를 들은 사람은 미치거나 죽을 수 있다고 한다.

박힌 아름다운 금반지가 당근에 꽉 끼어 있었던 거예요.

"어머나, 안나 아가씨, 이건 아가씨 거예요. 아가씨 결혼반지예요. 어서 끼어보세요!"

하녀가 말했어요.

"무슨 말도 안 되는 소리야. 결혼반지는 당근이 아니라 아만두스 폰 네벨슈테른 씨한테 받아야지!"

안나 양이 대답했지요.

말은 그렇게 했어도 반지는 들여다볼수록 마음에 들었어요. 정말 너무나 정교하고 섬세해서 일찍이 인간의 솜씨가 빚은 그 어떤 반지보다도 뛰어난 예술품 같았거든요. 테두리에는 수백 개의 자디잔 조각상이 가지각색의 무리를 지어 뒤섞여 있는데, 맨눈으로 얼른 봐서는 구분하기 힘들었지만, 한참 동안 자세히 들여다보고 있으면 그 조각상들이 점점 커져 살아 움직이고 우아하게 줄을 지어 춤을 추는 것 같았답니다. 보석의

광택도 아주 특별해서 드레스덴 그뤼네스 게뵐
베*에 보관된 황옥 중에서도 이런 광택이 나는
황옥은 찾기 힘들 정도였지요.

"이 아름나운 반지가 오래 땅속 깊이 묻혀있
다가 삽에 딸려 땅으로 올라왔는데 당근이 반지
를 끼운 채로 자란 거군요."

하녀가 말했습니다. 안나 양이 당근에서 반지
를 빼내자 이상하게도 당근이 손가락 사이로 주
르륵 미끄러져 내리더니 그만 땅속으로 사라져
버리고 말았어요. 하지만 하녀와 안나 양은 둘
다 그러거나 말거나 당근에는 신경도 쓰지 않았
어요. 화려한 반지에 푹 빠져 넋이 나갔거든요.
안나 양은 망설임 없이 오른손 새끼손가락에 그
반지를 꼈어요. 반지를 낄 때 손가락 뿌리에서
손끝까지 찌르는 듯한 통증을 느꼈지만, 아픈가
싶은 순간 곧바로 통증은 사라져 버렸지요.

———

당연히 그날 점심을 먹으면서 안나 양은 당근 밭에서 있었던 그 이상한 일을 답술 폰 차벨타우 씨에게 들려주었고, 당근에 끼어 있던 아름다운 반지를 아버지에게 보여주었지요. 그리고 아버지가 반지를 조금 더 잘 볼 수 있게 손에서 반지를 빼려고 했어요. 하지만 반지를 낄 때처럼 찌르는 듯한 통증을 느꼈고, 반지를 잡아당길 때마다 통증을 참지 못해 결국 반지 빼는 것을 포기하고 말았습니다.

답술 씨는 잔뜩 긴장해서 안나 양이 손가락에 낀 반지를 유심히 살피더니, 반지 낀 손가락을 뻗어 사방으로 온갖 원을 그려 보라고 시켰지요. 그러고는 깊은 생각에 잠겨 말 한마디 하지 않고 탑으로 올라가 버렸습니다. 아버지는 탑으로 올라가면서 폭폭 한숨을 쉬고 끙끙 앓는 소리를 내었답니다.

이튿날 안나 양은 마당에서 한창 큰 수탉을 쫓

아다니고 있었어요. 녀석이 온갖 말썽을 피우면서 비둘기들하고 붙어서 쌈박질을 해댔거든요. 그런데 답술 폰 차벨타우 씨가 확성기에다 대고 엉엉 우는 거예요. 어찌나 울어대는지 가슴이 철렁해진 안나 양이 손나팔을 만들어 위를 쳐다보며 외쳤습니다.

"아버지, 왜 그렇게 우시나요? 닭들이 놀라겠어요!"

답술 폰 차벨타우 씨는 확성기를 아래로 향하고는 소리쳤습니다.

"안나야, 지금 당장 이리 올라오너라."

아버지의 명령을 들은 안나 양은 깜짝 놀랐습니다. 여태 아버지가 자기를 탑으로 부른 적이 한 번도 없었거든요. 오히려 안으로 못 들어오게 문도 꼭꼭 걸어두었으니까요. 뭔지 모를 불안감에 마음 졸이며 안나 양은 좁다란 나선 계단을 올랐고, 묵직한 문을 열고 탑에 하나밖에 없는 방으로 들어갔습니다. 이상한 모양의 큰 안락의자에 앉은 답술 씨 주변으로는 온갖 요상한 기구와 먼지를 잔뜩 뒤집어쓴 책들이 널려있었지요. 답술 씨가 앉은 의자 앞에는 거치대가 하나 놓여있었는데, 틀에 팽팽하게 맨 종이 한 장이 거기에 끼어있었고, 종이에는 여러 개의 선이 그려져 있었어요. 답술 씨는 높고 뾰족한 회색 모자를 쓰고 번쩍이는 회색 모직의 펑퍼짐한 외투를 입은 데다 턱에 길게 흰 수염까지 달고 있어서 정말로 무슨 마법사 같아 보였답니다. 처음에 안나 양은 가짜 수염 탓에 아버지를 못 알아보고서, 불안한 마음으로 아버지가 어디 방구석에 숨었나 두리번거렸어요. 하지만 수염 달린 남자가 아버지라는 걸 알아차리고서는 배를 잡고 깔깔 웃으며 벌써 크리스마스냐고, 아버지가 산타클로스를 하려고 그러냐고 물었지요.

답술 폰 차벨타우 씨는 안나 양의 말에는 대꾸도 하지 않고 작은 쇠를 집더니 그것으로 안나 양의 이마를 건드렸고 안나 양의 오른팔을 겨드랑이에서부터 반지 낀 새끼손가락 끝까지 몇 번 쓸어내렸습니다. 그리고는 안나 양더러 자기가 앉아있던 의자에 앉으라고 하고는, 황옥이 모든 선의 중심점에 오도록 방향을 잘 잡아서 안나 양의 반지 낀 새끼손가락을 틀에 맨 종이에다 갖다 댔지요. 그러자 순식간에 보석에서 노란빛이 사방으로 뿜어져 나와 종이 전체가 진노랑으로 물들었습니다. 마치 반지 테두리에 박힌 작은 조각상들이 튀어나와 종이 위에서 신나게 뛰어다니는 것 같았답니다. 그러는 동안 답술 씨는 계속 종이를 쳐다보면서 얇은 금속판 하나를 잡더니 두 손으로 높이 쳐들었다가 그걸로 종이를 누르려고 했어요. 하지만 바로 그 순간 반질반질한 돌바닥에 쭉 미끄러지면서 사정없이 엉덩방아를 찧었고, 넘어져 꼬리뼈를 다칠까 봐 본능적으로 금속판을 놔버리는 바람에 판이 탕! 하고 땅에 떨어지고 말았지요. 꿈같은 이상한 상태에 폭

빠져 있던 안나 양이 그 소리에 "아!" 하고 낮은 탄식을 내뱉으며 깨어났답니다. 답술 씨는 끙끙대며 겨우겨우 일어나더니 벗겨진 회색 원뿔 모자를 다시 쓰고 비뚤어진 가짜 수염을 바로잡은 후 안나 양 맞은편에 쌓아둔 책 더미 위에 앉았습니다. 그리고는 안나 양에게 말했어요.

"애야, 안나야. 기분이 어땠니? 무슨 생각을 했고 무슨 느낌이 들었니? 네 마음의 눈에 무엇이 보였니?"

안나 양이 대답했어요.

"아, 기분이 너무 좋았어요. 한 번도 느껴보지 못한 기분이었어요. 그러다가 아만두스 폰 네벨슈테른 씨 생각이 났지요. 그분이 똑똑히 보였는데 평소보다 더 잘생긴 데다 파이프로 제가 보낸 버지니아 잎담배를 피우고 있었답니다. 그 모습이 정말 그 사람하고 잘 어울렸어요. 그런데 갑자기 아기 당근과 구운 소시지가 너무너무 먹고 싶었는데, 제 앞에 그 음식이 딱 차려져 있는 거예요. 어찌나 좋던지! 그래서 그걸 막 먹으려는데 누가 우악스럽게 저를 확 잡아당겨서 아파서 잠을 깨고 말았어요.”

“아만두스 폰 네벨슈테른, 버지니아 담배, 당근, 구운 소시지라……!”

답술 폰 차벨타우 씨는 걱정이 실린 목소리로 이렇게 말했고, 방을 나가려는 딸에게 그대로 있으라는 손짓을 보냈습니다.

“넌 참 복이 많고 천진한 아이지.”

답술 씨는 평소보다 더 울먹이는 말투로 말문을 열었습니다.

“너는 천지 만물의 심오한 신비를 배운 적이 없고, 너를 둘러싼 무시무시한 위험도 알아차리지 못해. 성스러운 카발라의 숭고한 학문도 모를 테니 현자들이 누리는 천상의 쾌락도 맛보지 못할 테고. 최고 단계에 오른 현자는 그러고 싶을 때만 음식을 먹고 물을 마시며, 인간적인 면모라고는 찾아볼 길이 없거든. 네 불행한 아비는 그

단계로 오르기가 겁나지만 너는 그런 두려움을 느끼지 않아도 될 것이고. 나는 여전히 너무도 인간적인 유혹에 흔들리고, 어렵게 공부를 하고서도 그 결과가 두렵고 무서우며, 아직도 순전히 세속적인 욕망을 채우려고 음식을 먹고 물을 마신단다. 도대체가 인간적인 행동을 안 할 수 없다는 말이지. 아무것도 몰라서 행복한 내 사랑스러운 딸아, 저 아래 깊은 땅, 공기, 물, 불에는 인간보다 더 고귀하나 제한된 본성의 영적 존재가 가득하다는 것을 알아야 한단다. 바보 같은 우리 딸, 땅의 정령 놈, 불의 정령 샐러맨더, 바람의 정령 실프, 물의 정령 운디네의 특별한 본성에 대해 굳이 너에게 설명할 필요는 없을 것 같구나. 어차피 말해줘 봤자 알아듣지도 못할 테니 말이야. 그저 이 정령들이 인간과 결합하고 싶어 안달이 났다는 것만 말해주마. 그것만 해도 네가 너를 노리는 위험을 충분히 눈치챌 수 있을 테니 말이다. 보통 인간은 그런 결합을 아주 많이 꺼리는데, 그것들은 그걸 알아서 자기가 노리는 인간을 유혹하려고 온갖 교활한 수단을 다 동원한단다. 그들이 목적 달성에 쓰는 수단은 나뭇가지일 때도 있고, 꽃 한 송이, 물 한 잔, 불꽃 한 가닥 같은 아주 소소해 보이는 것들일 때도 있지. 물론 미란돌라 영주한테 들은 두 성직자 이야기처럼, 그런 결합이 매우 유익하게 끝날 때도 있단다. 그 두 성직자는 옛날에 그런 정령하고 결혼해서 40년 동안 행복하게 살았다고 하니까 말이야. 또 세상에서 가장 위대한 현자들이 그렇게 인간과 정령의 결합으로 태어나는 것도 사실이란다. 위대한 조로아스터는 샐러맨더 오로마시스의 아들이었고, 위대한 아폴로니우스, 현자 멀린, 용감한 클레베 백작, 위대한 카발라 학자 벤사라도 그런 결혼이 낳은 눈부신 결실들이었으며, 파라셀수스의 말대로라면 아름다운 멜루지네도 실프였다고 하니 말이다. 그렇다고는 해도 그런 결합은 위험이 너무 크단다. 정령들이 자기가 아끼는 인간한테 심원하기 그지없는 지혜를 훤히 깨달으라 요구하는 것은 그렇다고 쳐도, 그들은 너무 예민해서 조금만 모욕을 당해도 아주 무시무시하게 보복하거든. 그래서 예전에 이런 일도 있었지. 어떤 철학자가 실프와 결혼했는데, 친구들하고 놀다가 한 예쁜 아가씨 이야기가 나온 거지. 그런데 철학자가 너무 열을 냈던 모양이야. 당장 실프가 친구들한테 자신의 미모를 확인시켜 주려고 공중에서 눈처럼 하얀 날씬한 다리를 걷어 보여주고는 그 자리에서 그 가엾은 철학자를 죽여버렸단다. 아! 하긴 다른 사람 이야기가 왜 필요하겠니? 내 이야기를 하면 될 것을. 나는 12년 전부터 어떤 실프가 나를 사랑한다는 걸 알고 있었단다. 그런데 그 실프가 소심하고 겁이 많아서, 카발라의 비법으로 그녀를 붙들어 두자는 위험한 생각이 자꾸 들어 괴롭구나. 나는 여전히 세속적인 욕망에 너무도 집착해서 그녀를 붙들어 두려면 필요한 지혜가 모자라는데도 말이다. 아침마다 단식하자고 마음을 먹지. 그럭저럭 아침은 무사히 넘어가지만, 점심때가 되면…… 아, 안나야, 우리 딸, 너도 알다시피 내가 무지막지하게 먹어대잖니!"

이 마지막 말은 거의 울부짖는 말투였고, 움푹 들어간 그의 뺨에서는 쓰디쓴 고통의 눈물이 흘러내렸어요. 잠시 마음을 가라앉힌 답술 폰 차벨타우 씨가 하던 말을 이어갔습니다.

"그래도 나는 나를 아끼는 그 정령을 세심하게 살피고 정중하게 대하려고 애쓴단다. 카발라가 정한 예방책을 먼저 하지 않고는 담배 한 대 피운 적이 없거든. 나의 여린 공기의 정령이 그 품종의 담배를 좋아할지, 담배로 공기를 더럽혀 기분이 상하지는 않을지, 알 수가 없으니 말이다. 싸구려 담배를 피우거나 뜬금없이 "작센 만세!" 따위를 외치는 인간들은 절대 현명해질 수도 없고 실프의 사랑도 얻을 수 없을 테니까. 개암나무 줄기를 잘라 지팡이를 만들거나 꽃을 꺾을 때도, 과일을 먹거나 불을 지필 때도 나는 똑같이 한단다. 어떤 정령도 기분 상하지 않게 온 힘을 다하지. 그래도 저 개암 껍질을 보려무나. 저걸 밟고 미끄러져서 뒤로 넘어지는 바람에 반지의 비밀을 밝혀줄 실험을 그만 망치고 말았잖니. 오로지 학문에 바친 이 방에서 (이제 너도 내가 왜 계단에서 아침을 먹는지 알겠지?) 개암을 먹은 기억이 나질 않는데 저 껍질이 어디서 나왔을까? 그러니 더더욱 저 껍질에 땅의 정령 놈이 숨어 있었다는 게 확실해지는구나. 아마 내 방에 숨어서 내가 무슨 실험을 하는지 엿보려고 그랬겠지. 정령들은 인간의 학문을 좋아하거든. 특히 학문을 잘 모르는 백성들이 한심하고 어처구니없다고까지 부르지는 않더라도 인간의 정신을 넘어서기에 위험하다고 부르는 그런 학문을 좋아한단다. 그래서 신성한 자기장 실험을 하는 곳에서 정령들이 자주 목격되는 거란다. 특히 땅의 정령 놈이 장난기가 심하지. 그래서 자기장 실험을 하는 학자가 내가 아까 말했던 그 지혜의 단계에 아직 이르지 못해서 세속적인 욕망에 집착하고 있다면, 그가 완전히 정화되어 깨끗한 욕망으로 실프를 안는다고 믿는 순간에 정령 놈이 그의 품으로 사랑에 빠진 인간을 쑥 밀어 넣어버리지.

아까는 내가 정령 놈의 머리통을 밟는 바람에 녀석이 화가 나서 날 넘어뜨린 거란다. 물론 진짜 이유는 내가 반지의 비밀을 못 캐도록 훼방을 놓은 것이겠지. 안나야. 내 말 잘 들어라. 내가 보니 정령 놈이 너에게 눈독을 들였다. 반지의 성분으로 판단해 볼 때 돈이 많고 지체 높고, 무엇보다 교양이 넘치는 남자일 거야. 충실한 안나야. 사랑하는 내 딸아. 무엇이건 그런 정령과 관계를 맺으려면 무시무시한 위험을 감수해야 해. 네가 카시오도르[*]가 쓴 《레무스^{**}》를 읽었더라면

---

[*] 6세기 이탈리아 출신의 정치인이자 학자, 수도사로, 동고트 왕국의 고위 관료로 활동하며 로마 문화의 계승과 발전에 크게 기여한 인물.
^{**} 로마를 건설한 전설적인 왕 로물루스의 쌍둥이 형제.

내 말이 무슨 뜻인지 금방 알았을 것이다. 진실한 그의 책을 읽어보면 에스파냐의 코르도바에 있는 한 수녀원의 원장 수녀였던 그 유명한 막달레나 드 라 크루아는 정령 놈하고 결혼해서 30년 동안 행복하게 살았고, 쾰른 근방 나사렛 수녀원의 수녀였던 게르트루트도 실프와 결혼해서 잘 살았다는 이야기가 나온단다. 하지만 성직에 몸담았던 그 여인들의 지적 활동과 네가 하는 일을 비교해 보려무나. 얼마나 차이가 큰지! 지혜가 담긴 책을 읽기는커녕 너는 닭, 거위, 오리는 물론이고 카발라 학자라면 다 싫어할 온갖 짐승들에게 먹이를 주잖느냐. 너는 하늘과 별의 운행을 관찰하기는커녕 땅을 파지. 정교한 점성술 차트를 들여다보며 미래를 점치기는커녕 우유를 저어 버터를 만들고 궁색하나마 겨울을 나려고 자우어크라우트*를 담근단다. 물론 나도 그게 없으

---

* 독일을 비롯한 중앙유럽, 동유럽 지역에서 먹는 양배추 발효 식품으로 잘게 썬 양배추를 묽은 소금물에 절여 발효시킨다.

면 아쉬우니 마지못해 먹기는 하지만 말이다. 네 생각은 어떠냐? 과연 예민하고 철학적인 정령이 네가 하는 그런 일을 좋아할까? 아, 안나야! 물론 네 덕택에 답술하임이 이렇게 번영하니 너의 정신은 결단코 이 세속적인 활동을 그만두지 않을 것이고 또 그럴 수도 없겠지. 그러면서도 너는 반지 때문에 통증을 느끼면서도 반지를 보고 경솔하게도 턱없이 좋아했고 말이야. 그래서 내가 실험을 해서 너를 구하려고 했던 것이란다. 반지의 힘을 꺾어 너를 쫓아다니는 정령 놈을 완전히 너한테서 떼어놓으려고 말이야. 한데 개암 껍질에 숨은 그 정령 놈이 계략을 부리는 통에 그만 실패하고 말았구나. 그래도 좋다! 평생 처음으로 그 정령과 맞서 싸울 용기가 나는구나. 넌 내 자식이야. 내 비록 실프나 샐러맨더나 다른 정령하고 사이에서 너를 낳은 것은 아니어도, 그저 착실한 가정에서 자란 가난한 시골 처녀와의 사이에서 너를 낳았어도 너는 내 딸이다. 네 어미는 천성이 소박해서 매일 어여쁜 흰 염소 떼를 손수 푸르른 언덕으로 몰고 가 꼴을 먹였고, 그 때문에 막돼먹은 이웃들에게 염소 치기 처녀라고 놀림을 받았지만, 그때만 해도 나는 바보처럼 사랑에 빠져서 나의 탑에서 그 언덕을 향해 샬마이[*]를 불어댔었단다. 그래, 너는 언제까지고 내 자식이요, 내 핏줄이다! 내가 너를 구해주마. 여기 이 마법의 줄칼이 너를 그 파멸의 반지에게서 구해줄 것이다!”

답술 폰 차벨타우 씨는 작은 줄칼을 쥐고서 반지에다 줄질을 하기 시작했어요. 그러나 줄질을 몇 번 안 했는데도 안나 양이 아프다고 비명을 질렀지요.

“아버지, 아버지, 아버지! 지금 제 손가락을 자르고 계세요!”

안나 양이 소리쳤고, 정말로 반지 밑에서 진한

---

[*] 고대 및 중세 유럽에서 사용된 떨혀(리드) 목관악기로 칼라무스, 숌이라고도 부른다.

시커먼 피가 콸콸 솟아났어요. 답술 씨는 줄칼을 떨어뜨리고 반쯤 정신이 나가서 안락의자에 털썩 주저앉더니 절망에 몸부림치며 외쳤습니다.

"아! 아! 아! 이제 다 끝났다! 실프가 구해주지 않으면, 화난 정령 놈이 당장 달려와서 내 목을 물어뜯을 거야! 오, 안나야. 안나, 어서 가거라. 도망쳐!"

안 그래도 아버지가 하도 괴상망측한 말을 해대서 도망치고 싶은 마음이 굴뚝 같던 안나 양은 그 말을 듣자마자 바람처럼 빠르게 아래로 달려 내려가 버렸답니다.

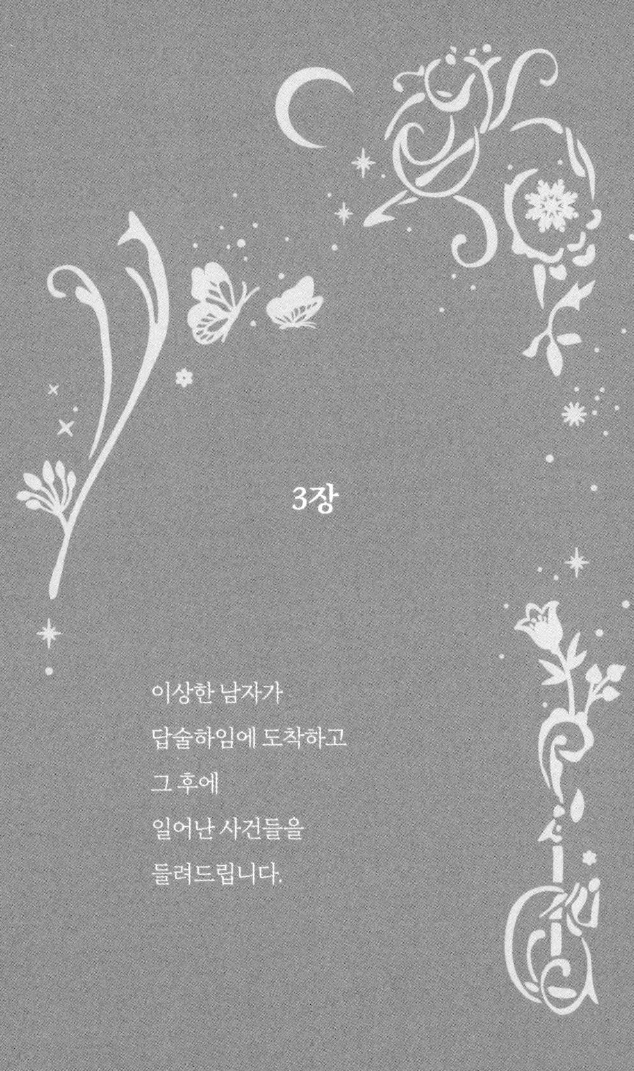

3장

이상한 남자가
답술하임에 도착하고
그 후에
일어난 사건들을
들려드립니다.

격노한 정령 놈이 언제 들이닥칠지 몰라 겁에 질린 답술 폰 차벨타우 씨가 철철 울면서 딸을 끌어안은 후에 막 탑으로 올라가려던 참이었어요. 어디선가 맑고 경쾌한 뿔피리 소리가 들리더니, 상당히 별나고 우스꽝스러운 외모의 자그마한 기사가 마당으로 달려 들어왔답니다. 타고 온 노란 말의 몸집이 크지는 않았어도 품위가 있고 우아했으며, 작은 기사도 머리통은 기형적으로 컸어도 난쟁이처럼 보이지 않았고, 몸이 말 머리통 위로 쑥 솟아있었지요. 그러나 그건 다 상체가 기다란 덕분이었고요. 안장 밑으로 삐져나온 다리와 발은 너무 볼품이 없어서 없는 것이나 다름없었답니다. 어쨌거나 그 남자는 아주 풍성한 황금 비단 옷을 입었고, 역시나 황금 비단으로 만든 높다란 모자에 잘 어울리는 녹색 깃털 장식을 달았으며, 잘 닦아서 반짝반짝 윤이 나는 마호가니 재질의 승마 장화를 신고 있었어요.

귀를 찢는 "히히힝!" 소리와 함께 기사가 차벨타우 씨 코앞에 멈춰 섰습니다. 그리고는 말에서 내리려는가 싶더니, 별안간 번개처럼 말의 배 밑을 지나 반대편으로 튀어나와서는 두세 번 연달아 12엘레[*] 높이만큼 공중으로 풀쩍 뛰어올랐고, 1엘레마다 여섯 번 공중제비를 돌고는 머리가 안장봉에 닿도록 물구나무로 착지를 했습니다. 그 상태로 그는 허공에 뜬 양발을 강약, 약약, 강약약 등 박자에 맞춰서 앞으로, 뒤로, 옆으로, 별별 이상한 모양으로 돌리고 비틀었습니다. 마침내 그 앙증맞은 기사가 마장 마술 묘기를 마치고 공손하게 인사를 하자, 사람들은 마당 바닥에서

---

* 독일에서 쓰는 길이의 단위이며 1엘레는 약 66cm이다.

이런 글자를 보았답니다.

**존경하옵는 답술 폰 차벨타우 님과 영애께
정중히 인사 올립니다!**

기사가 묘기를 부리면서 아름다운 로마의 언셜체[*]로 이 문장을 땅에다 그렸던 것이지요. 기사는 말에서 뛰어내려 세 번 옆으로 재주를 넘더니, 답술 폰 차벨타우 님께 자신의 주인이신 포르피리오 폰 오커로다스테스 남작, 일명 코르두안슈피츠 님의 인사를 전한다고 말했습니다. 답술 폰 차벨타우 님만 괜찮으시다면 남작님께서 며칠 후 차벨타우 님을 정중히 찾아뵙고 싶으시며 앞으로 가까운 이웃으로 지내고 싶다고 말입니다.

---

[*] 서기 4세기부터 8세기까지 라틴어, 그리스어, 고트어 필사본에 사용된 대문자만의 글꼴로, 글씨가 두껍고 한 획으로 쓰인 것이 특징이다.

답술 폰 차벨타우 씨는 송장처럼 하얗게 질린 채로 옴짝달싹도 못 하고 딸에게 기대 서 있었지요. 덜덜 떠는 그의 입에서

"저야…… 무척…… 반가울 테지요."

라는 말이 겨우 새어 나오자마자 그 작은 기사는 곧바로 도착했을 때와 똑같은 의식을 마친 후 번개같이 떠나버렸습니다.

"아, 내 딸……"

답술 폰 차벨타우 씨는 대성통곡을 하면서 말했습니다.

"아, 내 딸, 불쌍한 내 딸, 운도 없지. 틀림없다. 그자가 정령 놈이야. 너를 납치하고 내 목을 비틀려고 오려는 거야! 그래도 우리 마음에 남은 마지막 용기를 쥐어짜 보자꾸나! 혹시 아니? 노한 그 정령과 화해할 수 있을지. 우리가 할 수 있는 건 최대한 예의 바르게 행동하는 것밖에는 없다. 애야, 네가 실수로 버릇없이 굴지 않게 내 당

장 라크탄츠[*]나 토마스 아퀴나스[**]의 책을 들고 와서 정령 대하는 법을 논한 몇 장을 읽어 주어야겠구나.”

그러나 답술 씨가 라크탄츠나 토마스 아퀴나스, 혹은 다른 기본 예법 책을 미처 가져오기도 전에, 바로 근처에서 음악 소리가 들렸습니다. 크리스마스에 솜씨 좋은 아이들이 연주하곤 하는 그런 음악과 아주 비슷했지요. 까마득하게 긴 행렬이 거리로 올라오고 있었어요. 행렬 맨 앞에는 육칠십 명의 난쟁이 기사들이 노란 조랑말을 타고 있었는데, 모조리 아까 왔던 기사처럼 노란 옷에 뾰족 모자, 윤이 나는 마호가니 재질의 장화를 신고 있었어요. 여덟 필의 노란 말이 끄는 투명 수정 마차 한 대가 그 뒤를 따랐고, 이어 네

---

[*] 고대 로마의 초기 기독교 변증가이자 신학자인 루치우스 카에킬리우스 피르미아누 Lucius Caecilius Firmianus(약 250~320년경)를 말한다.

[**] Thomas Aquinas(1225년~1274년): 중세 가톨릭 교리를 체계화하고 철학과 신학을 융합한 스콜라 철학의 대표 인물.

필 혹은 여섯 필의 말이 끌고 앞의 마차보다는 덜 화려한 마흔대 가량의 마차들이 따라왔습니다. 거기에다 번쩍이는 옷을 입은 한 무리의 시동, 급사, 하인들까지 그 옆에서 떼 지어 걸어오고 있어서, 이 모든 광경이 이상하면서도 재미난 볼거리였지요. 답술 폰 차벨타우 씨는 어안이 벙벙해 꼼짝도 못 했습니다. 이 세상에 저렇게 앙증맞고 예쁜 말과 사람들이 있는 줄은 꿈에도 몰랐던 안나 양은 완전히 넋을 잃었답니다. 세상만사를 까맣게 잊어버리고 즐거운 탄성을 내지르느라 딱 벌렸던 입을 다시 다물어야 한다는 것도 잊을 정도였지요.

여덟 필의 말이 끄는 마차가 답술 폰 차벨타우 씨 코앞에 와서 멈추었습니다. 기사들이 말에서 뛰어내렸고, 시동과 하인들이 서둘러 달려와 마차의 문을 열었지요. 하인들에게 들려 누군가 흔들흔들 마차에서 실려 나왔습니다. 사람들이 코르두안슈피츠라고 부르는 포르피리오 폰 오커로다스테스 남작이었지요. 남작은 몸집을 놓고 보자면 벨베데레의 아폴로[*]하고는 멀어도 한참 멀었습니다. 아니, 죽어가는 검투사하고도 비교가 안 될 지경이었지요. 키가 다 합쳐도 3피트도 채 안 되었는데, 그마저 짤따란 몸의 3분의 1이 누가 봐도 너무나 큰 두상이 차지하고 있었으니 말이에요. 그래도 길게 휘어진 만만치 않은 코와 왕방울처럼 툭 튀어나온 큰 눈은 그 머리통에 그리 나쁘지 않은 장식품이었지요. 거기에다 몸통마저 꽤 길어서 발이 달릴 자리라고는 고작 4인치밖에는 안 남았고요. 그래도 그 작은 여분을 쓸모 있게 잘 쓰기는 했어요. 그 자체로 놓고 보면 남작의 작은 발이 그의 몸에서 제일 귀여웠거든요. 물론 위엄 있는 두상을 지탱하기에는 너무 연약해 보이기는 했어요. 남작은 비틀비틀 걸었

---

[*] 바티칸 궁전의 벨베데레에 있는 대리석 아폴로 상으로 기원전 4세기 무렵에 제작된 것으로 보이며, 미와 조화, 균형감을 갖춘 고전미의 표준으로 여겨진다.

고 곧잘 넘어졌지만, 넘어질 때마다 오뚝이처럼 발딱 다시 일어나고 또 넘어지는 것이 우아한 춤을 추는 장식품 같아 보였답니다. 남작은 번쩍이는 금란^{**} 옷을 몸에 꽉 끼게 입었고, 왕관에 버금갈 모자에 풀빛 깃털을 덤불 모양으로 덥수룩하게 꽂아서 쓰고 있었어요.

땅에 내려서자마자 남작은 답술 폰 차벨타우 씨에게로 달려갔습니다. 그리고 답술 씨의 두 손을 잡고 팔짝 뛰어올라 그의 목에 매달려서는 그 작은 체구에서 도저히 나올 것 같지 않은 우렁찬 목소리로 외쳤습니다.

"오, 답술 폰 차벨타우 님! 진심으로 사랑하는 저의 귀중하신 아버님!"

그리고는 뛰어오를 때와 똑같이 날렵하고 능숙하게 답술 폰 차벨타우 씨의 목에서 뛰어내리더니, 안나 양에게로 팔짝 뛰어, 아니 그보다는

** 황금색 실을 섞어서 짠 바탕에 명주실로 봉황이나 꽃의 무늬를 놓은 비단.

몸을 날렸다는 표현이 더 옳을 겁니다. 안나 양에게로 몸을 날려서 안나 양의 반지 낀 손을 붙잡고 크게 쪽쪽대며 손에 키스를 퍼붓고는 아까와 마찬가지로 우렁찬 목소리로 외쳤습니다.

"오, 세상에서 가장 아름다운 나의 안나 폰 차벨타우 양! 나의 사랑하는 신부!"

인사를 마친 남작이 손뼉을 치자 곧바로 귀를 찢을 듯 요란한 어린이 악단의 연주가 시작되었습니다. 마차와 말에서 내린 수백 명의 난쟁이가 아까 혼자 왔던 그 기사처럼 먼저 물구나무를 섰다가 이어 발로 서서 강약, 강강, 약강, 약약, 약약강, 약약약, 약강강, 강강약, 강약약강, 강약약, 박자를 맞추어 앙증맞은 춤을 추었어요. 다들 신이 났습니다. 난쟁이 남작이 자기를 부른 호칭 탓에 큰 충격에 빠졌던 안나 양도 이런 흥겨운 분위기 덕에 기분이 좋아졌지만, 다시 온갖 경제적 고민이 밀려들기 시작했어요. 고민이 될 만도 했지요.

'이 작은 집에 이 사람들을 다 어떻게 재우지?

하는 수 없으니 양해를 해준다고 해도 큰 헛간에 하인들만 재워도 자리가 모자라지 않을까? 마차 타고 온 귀족들은 또 어찌하나? 여태 멋진 방에서 푹신한 침대에 보들보들한 이불을 덮고 주무셨을 텐데. 밭일에 쓰는 말 두 마리도 마구간에서 쫓아내고, 더 모진 마음을 먹고서 절름발이 늙은 여우까지 풀밭으로 내몰아도, 저 못생긴 남작이 끌고 온 저 조랑말 떼가 다 들어갈 수 있을까? 마차도 마흔한 대나 되는데, 저건 또 어디다 세워둔단 말이야! 하긴 그게 문제가 아니야. 제일 골치 아픈 일이 남았잖아. 아, 우리 1년 먹을 양식을 다 끌어모아도 저 난쟁이들을 이틀간 먹일 수 있을까?'

이 마지막 고민이 제일 끔찍했어요. 양식이 동난 광경이 안나 양의 눈앞에 떠올랐어요. 올해 수확한 채소, 양 떼, 닭과 오리, 소금에 절인 고기, 사탕무 술까지 다 동이 난 광경이요. 그러자 절로 맑은 눈물이 눈에 고였답니다. 때마침 코르두안슈피츠 남작이 그야말로 뻔뻔하고 고소하다는 표정으로 그녀를 쳐다보는 것 같았기에 안나 양은 불끈 용기를 내었습니다. 신하들이 한창 춤에 빠져 있는 동안에 남작에게 단도직입적으로 설명을 해야겠다고 말이지요. 그래서 안나 양은 남작에게 아버지를 찾아주셔서 정말 고맙지만, 데리고 온 저 많은 시종과 기품 있고 부유하신 신사분들을 신분에 맞게 대접해 드리기에는 방도 없고 다른 물자도 턱없이 부족하므로 답술하임에 두 시간 이상 머물 생각은 하지 말아 달라고 말했어요. 그러자 난쟁이 코르두안슈피츠가 갑자기 마르치판*처럼 너무도 달콤하고 부드러운 표정을 지었지요. 그리고는 눈을 꼭 감고서 약간 거친 데다 하얗지도 않은 안나 양의 손에 입을 맞추며, 자신은 사랑하는 아버님과 아름다우신 따님께 눈곱만큼도 폐를 끼칠 생각이 없노

---

* 아몬드 가루, 설탕, 달걀흰자 따위를 섞어 만든 과자.

라고 다짐했어요. 먹고 마실 것은 다 가져왔으니 염려 말고, 잘 곳은 땅 한 조각만 내어주면 자기 시종들이 늘 하던 대로 이동식 궁전을 지을 테니 거기서 하인들과 딸린 말들까지 다 함께 잘 것이라고 말이에요.

포르피리오 폰 오커로다스테스 남작의 이 말을 듣고 마음이 놓인 안나 양은 맛난 음식이 아까워서 그러는 게 아니라는 것을 보여주기 위해, 지난번 성축일에 챙겨두었던 크라펜**을 대접하려고 했어요. 또 남작이 독주를 좋아하는 게 아니라면 하녀장이 시내에서 가져와 위장에 좋다면서 권했던 사탕무 술도 내놓을 생각이었지요. 그러나 그 순간 코르두안슈피츠 남작이 궁전 부지로 채소밭을 골랐다는 말을 덧붙이는 바람에 안나 양의 기쁨은 물거품이 되고 말았답니다!

남작의 하인들은 여전히 답술하임에 온 것을

** 발효 반죽을 구워 튀긴 후 과일잼을 채워 만드는 전통 간식.

축하하기 위해 올림픽 경기를 하느라 여념이 없었어요. 두툼한 머리통으로 서로의 불룩한 배를 들이박아 뒤로 벌렁 나자빠지기도 했고, 서로를 공중으로 던지기도 했으며, 자기들끼리 볼링핀, 볼링공, 볼링 선수가 되어서 볼링을 쳐댔지요. 그러는 사이 난쟁이 포르피리오 폰 오커로다스테스 남작이 답술 폰 차벨타우 씨와 대화를 시작했는데, 내용이 점점 더 심각해지는가 싶더니 결국 두 사람이 손을 잡고 자리를 떠나 천문 탑으로 올라가 버렸답니다.

안나 양은 불안과 공포에 휩싸여 아직 건질 수 있는 것이라도 건져보려고 허둥지둥 채소밭으로 달려갔습니다. 그런데 먼저 밭에 나온 하녀장이 소금 기둥으로 변한 롯의 아내*처럼 꼼짝도

---

* 《창세기》 19장 26절에 기록된 인물로, 소돔과 고모라가 멸망할 때 하나님의 명령을 어기고 뒤를 돌아보았다가 소금 기둥이 되었다.

하지 않고 서서 입을 딱 벌린 채로 앞만 쳐다보고 있는 겁니다. 하녀 옆에 선 안나 양도 똑같이 굳어버렸고요. 두 사람은 비명을 질렀고, 그 소리가 하늘 높이 울려 퍼졌어요.

"아이고, 이게 다 무슨 일이야! 무슨 이런 일이 다 있어!"

그 아름답던 채소밭이 완전히 황무지가 되어버렸거든요. 풀 한 포기, 꽃 한 송이 남지 않았어요. 폐허로 변해버린 황량한 들판 같았어요.

"안 돼!"

화가 머리끝까지 난 하녀가 소리쳤어요.

"방금 온 저 빌어먹을 난쟁이 놈들이 아니면 누구겠어요? 마차를 타고 와? 우아한 척하고 싶어서? 하하! 저놈들은 요괴예요. 안나 아가씨, 제 말이 틀림없어요. 이교도 마귀들이에요. 십자식물[**] 한 줄기만 수중에 있었어도 아가씨께 기적

[**] 잎이나 줄기가 십자 모양인 식물.

을 보여드릴 텐데, 없으니 만일 저 난쟁이 야수 놈들이 나타나기만 하면 제가 이 삽으로 쳐 죽이겠어요!”

그 말을 하면서 하녀장은 그 무시무시한 무기를 허공으로 마구 휘둘렀고, 안나 양은 큰 소리로 엉엉 울었습니다.

그런 차에 코르두안슈피츠를 따라온 신사 넷이 그들에게로 다가왔습니다. 표정이 온화하고 상냥한 데다 공손하게 인사를 했고 외모도 워낙 출중해서 오면 당장 쳐 죽이겠다던 하녀장은 들고 있던 삽을 슬며시 내렸고 안나 양도 울음을 뚝 그쳤습니다.

그 신사들은 자신들이 포르피리오 폰 오커로다스테스 남작, 일명 코르두안슈피츠 님의 가장 가까운 친구라고 소개하였습니다. 옷차림이 상징적으로 암시하듯 각기 다른 나라 출신이었는데, 이름이 폴란드 출신의 카푸스토비츠 씨, 포메른[*] 출신의 슈바르츠레티히 씨, 이탈리아 출신의 시뇨르 디 브로콜리, 프랑스 출신의 무슈 드 로캉볼이었지요.

그들은 듣기 좋은 말투로 이제 곧 집 지을 인부들이 몰려와서 어여쁜 비단 궁전을 삽시간에 지을 것이니, 지켜보시는 아름다운 아가씨께서도 눈이 즐거우실 것이라고 말했습니다.

"비단 궁전이 다 무슨 소용이에요."

안나 양은 너무도 상심하여 큰 소리로 엉엉 울며 대답했습니다.

"당신들이 내 소중한 채소를 몽땅 죽여버렸는데 당신네 코르두안슈피츠 남작이 나랑 무슨 상관이에요? 당신들은 나쁜 사람들이에요. 나의 기쁨을 다 망가뜨렸어요."

하지만 예의 바른 신사들은 안나 양을 위로하면서 채소밭이 망가진 건 자기들 탓이 아니며,

---

* 옛 지명으로, 발트해 남쪽 해안 지대 일부분을 가리킨다.

안나 양이 평생 이 세상 어디에서도 본 적 없는 푸르고 무성한 채소밭을 곧 다시 보게 될 것이라고 장담했어요.

정말 그들의 말대로 난쟁이 인부들이 나타났고, 채소밭에서 난리도 그런 난리가 없는 소동이 벌어졌습니다. 안나 양도, 하녀장도 혼비백산하여 도망을 쳤지만, 채소밭에서 벌어지는 일이 궁금해서 수풀 구석에 몸을 숨기고 구경을 하려고 했지요.

하지만 이게 어떻게 된 일인지 미처 파악하기도 전에, 불과 몇 분 만에 황금색 천으로 만든 높고 화려한 천막이 형형색색 화환과 깃털을 달고서 눈앞에 서있지 뭐예요. 천막 크기가 워낙 커서 넓은 채소밭을 다 차지하다 보니 천막을 붙들어 맬 줄은 마을을 지나 근처 숲까지 끌고 가서 그곳의 튼튼한 나무에다 동여매었지요.

천막이 완성되자마자, 포르피리오 폰 오커로

다스테스 남작이 답술 폰 차벨타우 씨와 함께 천문 탑에서 내려왔어요. 그리고 답술 씨와 여러 번 포옹을 나누고는 여덟 필의 말이 끄는 마차에 올랐고, 답술하임에 도착했을 때와 똑같은 순서로 시종들과 함께 비단 궁전 안으로 들어갔답니다. 마지막 한 사람까지 다 들어가자 궁전의 문이 닫혔어요.

안나 양은 아버지의 그런 모습을 한 번도 본 적이 없었어요. 평소 아버지는 늘 침울했는데, 오늘은 아버지의 얼굴에서 그런 흔적이 싹 사라진 데다 입가에 살짝 미소마저 머금은 것 같았거든요. 게다가 눈빛에는 실제로 어떤 환한 표정이 서려있었는데, 사람들은 그런 걸 보면 누군가에게 전혀 예상치 못했던 큰 행운이 찾아온 것이라고 짐작하겠지요. 답술 폰 차벨타우 씨는 아무런 말 없이 안나 양의 손을 잡고 집 안으로 들어가서는 세 번 연거푸 포옹하더니 마침내 하고 싶던 말을 쏟아내었습니다.

"안나야, 너는 운이 좋은 아이다. 좋아도 너무 좋지. 네 아비도 운이 좋고. 아, 안나야. 근심과 원망, 상심은 이제 다 끝났다! 인간이라면 쉽게 얻지 못할 행운이 널 찾아왔거든. 저 포르피리오 폰 오커로다스테스 남작, 일명 코르두안슈피츠는 정령 놈의 후손이기는 해도 샐러맨더 오로마시스의 가르침을 받아 숭고한 본성을 깨끗이 닦은 덕에 절대로 남을 해치지 않는단다. 오히려 그렇게 깨끗해진 불에서 한 인간 여인을 향한 사랑이 싹텄고, 그는 그 여인과 결합하여 일찍이 고문서를 장식했던 가문의 이름 중에서도 가장 고귀한 가문의 조상이 되었지.

사랑하는 나의 딸 안나야, 이미 네게도 이야기를 했겠지만, 고귀한 정령 놈 트실메네히는 위대하신 샐러맨더 오로마시스의 제자란다. 트실메네히는 칼데아* 이름인데, 진짜 순수 독일어로는

---

* 남부 메소포타미아의 습지에 있을 것으로 추정되는 지역 이름.

멍청이라는 뜻이야. 어쨌든 그분은 에스파냐 코르도바에 있는 수녀원 원장이던 그 유명한 막달레나 드 라 크루아를 사랑하여 그녀와 결혼했고 30여 년간 행복하게 잘 살았단다. 그리고 그 두 분의 결합에서 뻗어 나간 고귀한 본성의 숭고한 가문이 낳은 후손이 바로 포르피리오 폰 오커로다스테스 남작이지. 남작은 자신의 에스파냐 혈통을 표시하려고 코르두안슈피츠라는 별명을 택했는데, 사피안이라는 별명을 쓰는 방계[**] 후손과 자신을 구별하기 위해서야. 이 방계 후손이 거만은 더 떠는데 알고 보면 품위는 더 떨어지기 때문이란다. 코르두안에 슈피츠가 붙은 이유는 원소와 점성술에 있을 테지만, 아직 그 문제는 깊이 생각해 보지 않았구나. 어쨌든 뛰어난 오커

[**] 자기와 같은 시조에서 갈라져 나간 다른 계통. 즉 공동의 조상으로부터 분기된 친족 계열에 속하는 사람끼리의 관계로, 공동의 부모로부터 갈라져 나간 형제자매, 조카, 생질, 공동의 조부모로부터 갈라져 나간 백부모, 숙부모, 종형제자매 등을 말한다.

로다스테스 남작은 막달레나 드 라 크루아가 열두 살일 때부터 그녀를 사랑했던 위대한 조상 놈트실메네히를 본받아 네가 열두 살 때부터 너를 사랑했다는구나. 너한테서 작은 황금 반지를 받았을 때 너무나 행복했고, 너도 그의 반지를 끼었으니, 이제 너는 돌이킬 수 없는 그의 신부가 된 것이다!"

"뭐라고요?"

안나 양은 너무 놀라고 황당해서 고함을 질렀습니다.

"뭐라고 하셨어요? 그의 신부라고요? 제가 저 못생긴 난쟁이 요괴하고 결혼을 해야 한다고요? 전 이미 오래전부터 아만두스 폰 네벨슈테른 씨의 신부가 아닌가요? 안 돼요! 절대로 저 흉측한 마법사를 남편으로 맞아들일 수 없어요. 저자가 코르도바 출신이거나 말거나 사피안 출신이거나 말거나 절대 안 돼요!"

답술 폰 차벨타우 씨는 더 심각해진 표정으로

말했습니다.

"이것 봐라. 하늘의 지혜가 꽉 막힌 너의 세속적인 마음을 파고들지 못하는구나. 이런 꼴을 내 눈으로 보다니, 심히 안타깝다! 너는 고귀하신 정령 포르피리오 폰 오커로다스테스를 못생기고 흉측하다고 하는데, 아마 그분의 키가 3피트밖에 안 되고, 몸에서 머리 말고는 팔다리와 다른 부위가 볼품없기 때문일 것이다. 네가 생각하는 세속의 멋쟁이는 다리가 길어 긴 옷자락을 펄럭이는 그런 놈일 테니 말이야. 아, 애야, 너는 정말로 구제 불능의 착각에 빠져있다!

모든 아름다움은 지혜에 있고, 모든 지혜는 생각에 있으며, 생각의 신체적 상징은 머리다! 머리가 클수록 아름다움과 지혜도 커지는 법이며, 나머지 신체 부위는 모조리 악이 낳은 해로운 사치품이기에 그것을 몽땅 내던질 수 있다면 그 사람은 최고의 이상으로 우뚝 설 것이야! 세상 모든 고통과 괴로움, 모든 불화와 다툼, 한마디로 지상의 모든 타락이 어디에서 생기겠니? 바로 심하게 큰 팔다리 탓이 아니겠니? 몸통과 엉덩이, 팔과 다리가 없어도 인류가 생존할 수 있다면, 인간이 흉상으로만 만들어졌다면, 이 세상은 정말로 평화롭고 고요하며 행복할 것이다! 위대한 정치가나 석학들을 흉상으로 만들자는 예술가들의 생각이 고매한 것도 다 그 때문일 것이다. 직책이나 저서로 미루어 볼 때 그들의 마음에는 분명 고귀한 본성이 깃들었을 테니 말이야. 그러니 내 딸 안나야! 정령 중에서도 가장 고귀한 정령, 훌륭한 포르피리오 폰 오커로다스테스 남작에게 못생겼다느니, 흉측하다느니 하며 트집을 잡아서는 안 된다. 너는 그분의 신부이고 앞으로도 그러할 것이다! 또 하나 일러둘 말이 있다. 그분 덕분에 네 아비도 오랫동안 뒤쫓던 행복의 최고 단계에 조만간 오를 것이란다. 포르피리오 폰 오커로다스테스께 실피데 네하힐라(시리아어로 뾰족코란 뜻이란다)가 나를 사랑한다고 말했더니, 내가 그 고귀한 정령과 결합하기에 딱 맞는 사람이 되도록 온 힘을 다해 도와주겠다고 했거든. 애야, 너도 미래의 새어머니를 좋아하게 될 거다. 부디 길운이 들어 네 결혼식과 나의 결혼식을 한날한시에 잘 치를 수 있으면 좋겠구나!"

그 말을 끝으로 답술 폰 차벨타우 씨는 몹시 흥분하여 딸에게 의미심장한 눈빛을 보내면서 방을 나갔답니다.

실제로 아주 오래전, 안나 양이 아직 어린아이였을 때, 이상하게도 손가락에 끼고 있던 작은 금반지가 갑자기 사라진 일이 있었습니다. 그 일이 떠오르자 안나 양은 마음이 무거워졌습니다. 그 흉측한 난쟁이 마법사가 그녀를 함정으로 유인해서 도저히 빠져나올 수 없게 만들었다는 확신이 들었거든요. 안나 양은 마음이 한없이 울적해졌습니다. 그 울분을 그녀는 깃펜으로 토해냈습니다. 깃펜을 집어서 순식간에 다음과 같은 내

용의 편지를 아만두스 폰 네벨슈테른 씨에게 썼
거든요.

　사랑하는 나의 아만두스!

　다 끝났어요. 저는 이 세상에서 가장 불행한 인
간이기에 슬픔에 젖어 흐느끼고 울부짖고 있어요.
사랑하는 우리 집의 닭과 오리들마저 저를 불쌍히
여기며 동정할 정도지만 아마 이 소식을 들으면 당
신이 훨씬 더 화가 나실 겁니다. 따지고 보면 이 불
행은 나의 일이자 당신의 일이기도 하니 당신 역
시 틀림없이 슬퍼하실 거예요! 우리가 이 세상 어
떤 연인보다도 서로를 진심으로 사랑하고, 제가 당
신의 신부이며, 우리 아버지께서 우리를 교회로 데
려다주시겠다고 하신 것은 당신도 잘 아실 테지요.
그런데 이게 무슨 일이란 말입니까! 난데없이 어디
서 못생긴 노란 난쟁이가 수많은 신사와 하인들을
데리고서 여덟 필의 말이 끄는 마차를 타고 이곳에

나타나서는 제가 자기와 반지를 교환했으니 우리가 신랑 신부가 되었다고 우기고 있답니다! 얼마나 끔찍할지 한 번 생각해 보세요! 아버지께서도 그 난쟁이 괴물이 아주 고귀한 가문의 자손이므로 그와 결혼해야 한다고 말씀하세요. 따라온 시종들이나 그들이 입은 화려한 옷을 보면 그럴지도 모르겠지만 그 인간은 이름부터가 소름 끼쳐서 그것 때문에라도 저는 절대 그의 아내가 되고 싶지 않아요. 비기독교적인 단어로 만든 이름이라서 들어도 도무지 따라 할 수가 없거든요. 그래도 굳이 말을 하자면 이름이 코르두안슈피츠인데, 그게 그 가문의 성씨랍니다. 코르두안슈피츠가 정말로 그렇게 지체 높고 고귀한 집안인지 알려주세요. 도시에서 알아보면 알 수 있을 테지요. 아버지가 저 연세가 되고도 무슨 그런 엉뚱한 생각을 하시는지, 저는 통 이해가 안 돼요. 아버지가 또 결혼을 하시고 싶다니 말이에요. 그 흉측한 코르두안슈피츠가 아버지를 공기 중에 떠다니는 여자랑 맺어주겠다네요. 하늘이 살펴주시기를! 하녀장은 그 말을 듣더니 어깨를 으쓱하고는 공기 중을 떠다니고 물에서 헤엄치는 그런 숙녀들은 별로 대단할 게 없으므로 당장 일을 그만두겠다고 하네요. 그러면서 저를 위해서 그 계모가 발푸르기스의 밤[*]에 첫 나들이를 갈 때 목이 부러지게 해달라고 빌겠대요. 고마운 말이죠! 하지만 저는 모든 희망을 당신에게 걸어요! 나는 알아요. 당신은 사명이 있는 사람이에요. 저를 큰 위험에서 구해주실 분이죠. 그 위험이 지금 닥쳤으니 어서 오셔서 저를 구해주세요.

죽을 만큼 우울하지만

충실한 당신의 신부

안나 폰 차벨타우

추신: 당신이 그 노란 난쟁이 코르두안슈피츠에

---

[*] 마녀들의 축제라고도 부르며 4월 30일 밤에 열리는 게르만족 전통의 봄맞이 축제이다. 악마와 마녀가 모여 작당하는 날인데 성녀 발푸르가가 이를 막아준다는 의미로 마녀를 쫓는 모닥불을 피우고 마녀 분장을 하고 밤새 축제를 즐긴다.

게 결투를 신청하실 수는 없을까요? 틀림없이 당신이 이겨요. 그 난쟁이 다리가 좀 부실하거든요.

추신: 한 번 더 부탁드려요. 어서 옷 챙겨 입고, 세상에서 제일 불행하지만, 앞에서 말한 대로 충실하기 그지없는 당신의 신부, 안나 폰 차벨타우에게로 와주세요.

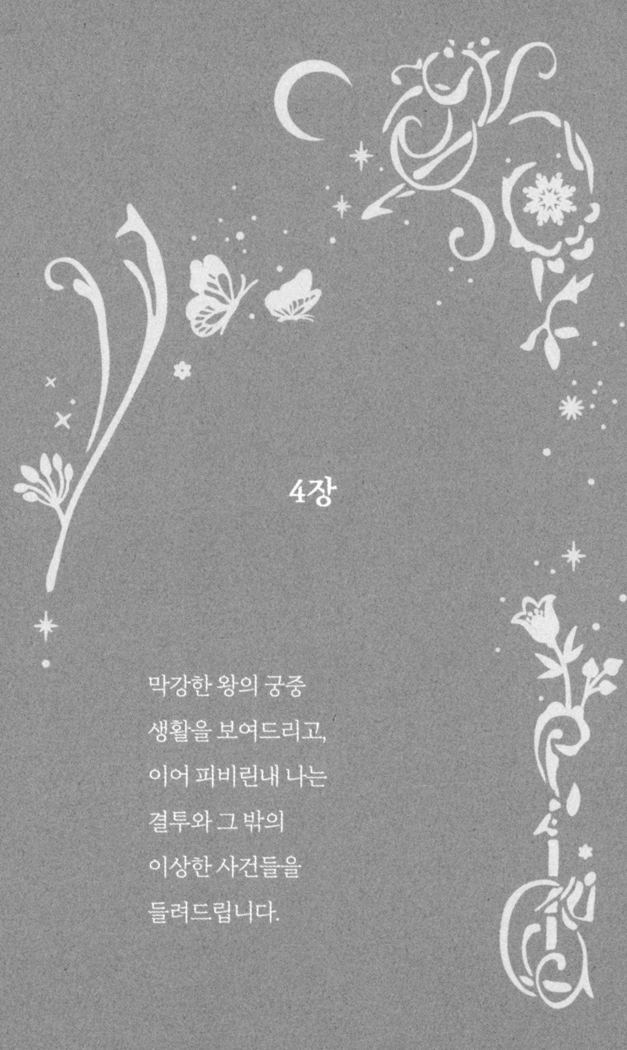

4장

막강한 왕의 궁중
생활을 보여드리고,
이어 피비린내 나는
결투와 그 밖의
이상한 사건들을
들려드립니다.

안나 양은 너무도 울적해서 온몸이 꽁꽁 얼어붙은 것 같았어요. 그래서 창가에 앉아 팔짱을 끼고서 멍하니 밖을 내다보고 있었지요. 날이 저물기 시작하자 가축들이 여느 때처럼 안나 양을 따라 집에 가고 싶다며 꽉꽉, 꼬끼오, 야옹, 삐악삐악 울어댔지만, 안나 양은 쳐다보지도 않았어요. 그래요. 하녀가 안나 양 대신 가축을 도맡아서, 말 안 듣고 자신에게 대드는 수탉을 채찍으로 좀 우악스럽게 때려도 잠자코 내버려 두었답니다. 그녀는 체스터필드*도 크니게**도 읽은 적

---

* Philip Dormer Stanhope Chesterfield(1694~1773): 18세기 영국의 정치가, 외교관, 저술가이며 《아들에게 쓴 편지》로 유명하다.

** Adolf Knigge(1752~1796): 18세기 독일 계몽주의 사상가이자 작가. 유럽에서는 '예의와 교양'의 대명사로 통할 만큼 교제술에

이 없습니다. 마담 드 장리스[***]나 인간 심리를 꿰뚫어서 혈기 왕성한 젊은 기분을 떡 주무르듯 잘 주무르는 법을 속속들이 아는 다른 숙녀들에게 자문을 구한 적도 없어요. 인생의 가장 달콤했던 시간을 그저 가축의 사육에 바쳐왔지요. 그런데 가슴을 찢은 사랑의 아픔이 어찌나 컸던지 가축에게 바쳤던 그 시간의 열매가 저리 고통당하는데도 아무 감정을 느끼지 못했답니다. 물론 그건 아무래도 그녀가 경솔했다 할 수 있을 거예요.

코르두안슈피츠는 온종일 코빼기도 보이지 않았답니다. 답술 폰 차벨타우의 탑에서 꼼짝없이 틀어박힌 것을 보니 틀림없이 아주 중대한 일을 꾸미고 있었던 게지요. 그런데 지금 그 난쟁이가 불타는 저녁놀을 받으며 비틀비틀 마당을

능한 인물이다.

[***]Madame de Genlis(1746~1830): 소설과 아동 교육 이론으로 유명한 18세기 후반과 19세기 초반의 프랑스 여성 작가.

가로질러 오고 있네요. 샛노란 옷을 입고 있어 이전보다 더 흉했고, 이리저리 폴짝대며 언제라도 넘어질 것 같다가도 다시 오뚝이처럼 튀어 오르는 그 꼴사나운 모습을 남들이 보면 배꼽을 잡고 웃겠지만, 안나 양에게는 그저 화만 돋울 뿐이었지요. 어찌나 화가 났던지 결국 먼발치에서라도 그 혐오스러운 난쟁이를 안 보려고 두 손으로 얼굴을 가려버렸답니다.

그런데 갑자기 누군가 앞치마를 잡아당기는 느낌이 들었어요.

"얌전히 있어, 펠트만!"

안나 양은 개가 잡아당긴다고 생각해서 그렇게 소리쳤어요.

그러나 개가 아니었습니다. 안나 양이 얼굴에서 손을 떼자 눈에 들어온 것은 포르피리오 폰 오커로다스테스 남작이었어요. 그가 믿기 힘들 정도로 날렵하게 안나 양의 품으로 뛰어오르더니 양팔로 그녀를 꽉 끌어안았지요. 안나 양은 놀라고 징그러워 크게 비명을 지르며 의자에서 벌떡 일어났습니다. 하지만 코르두안슈피츠는 여전히 안나 양의 목에 매달려 있었고, 안나 양이 일어나는 순간 엄청나게 무거워져서 적어도 2,000파운드의 무게는 나갔기 때문에 불쌍한 안나 양은 쏜살같이 다시 의자에 주저앉고 말았지요. 그제야 코르두안슈피츠가 얼른 안나 양의 품에서 미끄러져 내려갔어요. 그러고는 균형을 잘못 잡아 비틀대면서도 최대한 우아하고 예의 바르게 오른쪽 무릎을 꿇더니 좀 별나지만 듣기 싫지는 않은 맑은 목소리로 말했어요.

"사모하는 안나 폰 차벨타우 양, 훌륭하신 숙녀님, 내가 선택한 나의 신부, 부디 노여움을 푸십시오. 부탁하고 간청합니다! 제발 화내지 말아요. 나의 신하들이 나의 궁전을 짓겠다고 당신의 아름다운 채소밭을 황무지로 만들었다고 생각하시지요. 나도 압니다. 오, 우주의 신들이시여! 당신이 보잘것없는 내 속을 들여다보고서 온통 사랑과 고결한 마음으로 고동치는 내 심장을 발견할 수 있다면 얼마나 좋을까요! 이 노란 비단 옷에 싸인 내 가슴에 가득 담긴 기독교의 덕목을 볼 수 있다면 말이오! 나는 당신이 생각하듯이 파렴치하고 잔인한 사람이 절대 아닙니다! 그것이 될 법한 소리입니까? 마음씨 고운 군주가 어찌 자기 신하…… 아니 그만! 그만! 이런 말들이, 이런 허튼소리들이 다 무슨 소용이겠어요! 당신이 직접 가서 보면 될 것을! 아, 신부여! 당신을 기다리는 저 멋진 장관을 직접 가서 봅시다! 나와 함께 가요! 당장 나랑 갑시다. 백성들이 기쁨에 겨워 군주가 숭배하는 여인을 애타게 기다리는 나의 궁전으로 그대를 안내하겠소!"

코르두안슈피츠의 말도 안 되는 요구에 안나 양이 얼마나 놀랐을지 상상이 가시지요. 그녀가 이 무시무시한 괴물을 한 발짝도 안 따라가려고 얼마나 버둥댔을지도 상상이 갈 테고요. 그러나 코르두안슈피츠가 포기하지 않고 궁전이 된 채소밭이 놀라울 만큼 아름답고 한없이 기름지다는 설명을 집요하게 늘어놓았으므로 결국 안나 양도 천막을 슬쩍 들여다보기라도 하자고 마음 먹었어요. 들여다보기만 하는데 별일이 있을까 싶었지요.

난쟁이 남작은 좋아 어쩔 줄 몰라서 적어도 열두 번은 연달아 재주를 넘었지만, 곧 진정하고 아주 기품 있게 안나 양의 손을 잡고서 마당을 가로질러 비단 궁전으로 그녀를 데리고 들어갔습니다.

천막 입구에 친 커튼이 걷히자 안나 양은 "와!" 하는 탄성을 내지르며 못 박힌 듯 걸음을 멈추었습니다. 눈앞에 펼쳐진 드넓은 채소밭이, 채소가 무성히 자라는 정말 기분 좋은 꿈에서도 본 적 없던 그런 멋진 광경이었거든요. 양배추와 배추, 무와 양상추, 완두와 콩이라 부르는 것들이 모조리 이루 말할 수 없이 무성하게, 고운 빛깔로 자라고 있었어요. 피리와 북, 심벌즈가 어우러진 음악 소리가 점점 커졌고 안나 양이 전에 만났던 네 명의 점잖은 신사, 즉 슈바르츠레티히 씨, 무슈 드 로캉볼, 시뇨르 디 브로콜리와 카푸스토비츠 씨가 격식에 맞추어 연신 절을 하면서 다가왔습니다.

"내 시종장들입니다."

포르피리오 폰 오커로다스테스는 미소 지으며 말했어요. 그러고는 소개한 시종장들을 앞세우고 이열종대로 선 빨간 영국산 당근 친위대를 가로질러 밭 한가운데로 안나 양을 데려갔습니다. 거기에 키 높은 화려한 옥좌가 떡하니 놓여 있었거든요. 옥좌를 에워싸고 왕국의 거물들이 모여있었습니다. 콩 공주들과 양상추 왕자들, 멜론 제후들과 오이 공작들을 선두로, 양배추 대신들, 양파와 무 장성들, 케일 귀부인들 등이 저마다 지위와 신분에 걸맞은 화려한 성장을 하고 있었지요. 그 사이로 너무나 사랑스러운 라벤더와 회향 시동 수백 명이 여기저기 돌아다니며 달콤한 향기를 퍼뜨렸습니다. 오커로다스테스가 안나 양과 옥좌에 오르자, 순무 궁정 악장이 긴 지휘봉으로 신호를 보냈고, 이내 음악이 멎었습니다. 모두가 경외하는 마음으로 조용히 귀를 기울였지요. 오커로다스테스는 목청을 높여 매우 엄숙하게 말했습니다.

"내가 무척 아끼는 나의 충성스러운 신하들이여! 여기 내 곁에 앉은 고귀한 안나 폰 차벨타우 양을 보십시오. 내가 아내로 고른 사람입니다. 미모와 덕목을 갖춘 이 사람은 벌써 오래전부터 어머니 같은 자애의 눈길로 그대들을 지켜왔지요. 그렇소. 그대들에게 폭신하고 기름진 자리를 마련해 주었고 그대들을 보듬고 길렀지.

이제 이 사람은 영원히 그대들의 충직하고 위엄 있는 국모가 될 것입니다. 그러니 이제부터 내가 그대들에게 자비롭게 베풀고자 하는 은혜에 공손히 박수를 치고 제대로 환호성을 질러보시오."

순무 궁정 악장이 또 한 번 신호를 보내자 수천 명이 한꺼번에 환호성을 질렀고, 콩 포병대는 대포를 발사했으며 당근 친위대 군악대는 귀에 익은 축가 〈샐러드, 샐러드, 녹색 파슬리!〉를 연주했습니다. 장엄한 순간이었어요. 이 왕국의 거물들, 특히 케일 귀부인들이 기쁨의 눈물을 흘렸지요. 번쩍이는 다이아몬드 왕관을 쓰고 황금 왕홀을 손에 든 난쟁이 남작을 보자 안나 양의 마음이 크게 흔들렸습니다. 안나 양은 너무 놀라 손뼉을 치며 말했지요.

"어머나, 이럴 수가! 보기보다 훨씬 대단하신 분이시군요. 사랑하는 코르두안슈피츠 님."

"경애하는 안나 양."

오커로다스테스가 아주 부드럽게 화답하였습니다.

"당신 아버님께는 별자리 때문에 가짜 이름을 말할 수밖에 없었습니다. 나는 세상에서 가장 힘이 센 왕 중 하나이며, 지도에 그려 넣는다는 걸

잊어버려서 국경선을 절대 찾을 수 없는 왕국을 다스립니다. 오, 사랑스러운 안나 양, 당신에게 나의 손과 왕관을 바치는 나는 사실 채소의 왕 다우쿠스 카로타 1세입니다. 모든 채소 영주들이 나의 신하이며, 오랜 전통에 따라 일 년에 딱 하루만 콩의 왕이 다스리지요."

"그럼……"

안나 양은 기뻐서 말했습니다.

"그럼 제가 왕비가 되어 이 훌륭하고 멋진 채소밭을 갖게 되는 건가요?"

다우쿠스 카로타 왕은 그렇다고 다시 한번 확인해 주었고, 땅에서 싹트는 모든 채소는 그와 안나 양에게 복종할 것이라는 말도 덧붙였지요. 이건 안나 양이 한 번도 예상해 본 적 없던 일이었답니다. 그런데 이상하지요. 다우쿠스 카로타 1세로 바뀐 순간부터 난쟁이 코르두안슈피츠가 전처럼 그렇게 흉측해 보이지 않았거든요. 왕관과 왕홀, 어의도 정말이지 그와 참 잘 어울렸어요. 그의 기품 있는 태도와 결혼하면 자신에게 돌아올 재산까지 셈에 넣자, 안나 양은 졸지에 왕의 신부가 된 자신보다 결혼을 잘할 시골 처녀는 이 세상에 없을 거라는 확신이 들었습니다.

마음이 무척 흐뭇해진 안나 양은 신랑에게 지금 당장 이 아름다운 궁전에서 살 수 있는지, 내일 결혼식을 올릴 수는 없는지 물었지요. 다우쿠스 왕은 경애하는 신부가 그토록 간절히 바라니 자기로서는 기쁘기 그지없지만, 상황이 여의치 않아서 잠시 그 행복을 미룰 수밖에 없다고 대답했어요. 지금 답술 폰 차벨타우 씨가 사위의 신분이 왕이라는 것을 알아서는 절대 안 되기 때문이라고요. 만약 알게 된다면 그가 그토록 바라는 실피데 네하힐라와의 결혼 작전에 문제가 생길 수 있다고요. 더구나 그는 답술 폰 차벨타우 씨에게 두 쌍의 결혼을 한 날에 치르자고 약속했다고도 했어요. 그래서 안나 양은 자신에게 일어난 일을 아버지에게 한마디도 하지 않겠다고 엄숙하게 약속해야 했지요. 그런 후에 그녀의 아름다움과 상냥하고 겸손한 태도에 홀딱 반한 백성들의 요란한 환호를 받으며 비단 궁전을 나왔습니다.

꿈에서 안나 양은 너무도 사랑스런 다우쿠스 카로타의 왕국을 한 번 더 보았고 이루 말할 수 없는 행복에 폭 젖었답니다.

안나 양이 아만두스 폰 네벨슈테른 씨에게 보낸 편지는 그 가련한 젊은이에게 큰 충격을 주었지요. 얼마 안 있어 안나 양은 다음과 같은 내용의 답장을 받았답니다.

내 심장의 우상, 천상의 안나!

당신의 편지에 적힌 말들은 비수가 되어 내 가슴을 찔렀습니다. 독을 발라 사람을 죽이는 뜨겁게 달군 비수 말입니다. 아, 안나! 당신이 나를 떠난단 말입니까? 말도 안 되는 생각입니다! 내가 그 자리에서 실성해서 끔찍하고 잔혹한 난동을 피우지 않은 것이 이해가 안 될 지경입니다. 그래도 나는 죽을 만큼 괴로운 나의 운명에 분노하여 사람들을 피했고, 평소 치던 당구도 치지 않고 식사를 마치자마자 바로 숲으로 달려가서 양손을 맞잡은 채로 당신의 이름을 수천 번도 더 불렀답니다!

비가 퍼붓기 시작했지요. 마침 새로 산 모자를 쓰고 있었습니다. 화려한 금술이 달린 빨간 벨벳 모자인데, 사람들 말로는 그 모자만큼 내 얼굴에 잘 어울리는 모자가 없답니다. 쏟아지는 비 탓에 그 멋진 모자가 망가질 수도 있었지만, 사랑의 절망 앞에 모자며 벨벳이며 금술이 다 무슨 소용이란 말입니까! 그렇게 한참 방황하다 보니 온몸이 비에 쫄딱 젖어 추위로 몸이 벌벌 떨렸고 배도 심하게 아팠지요. 하는 수 없어 근처 술집에 들어가서 따끈한 뱅쇼를 주문하고 당신이 보내 준 맛난 버지니아 파이프 담배를 피웠지요. 그러자 금방 신성한 영감이 떠올라서, 급히 수첩을 꺼내 허겁지겁 여러 편의 멋진 시를 적었답니다. 아, 문학의 놀라운 선물이라니! 사랑의 절망도, 복통도 한꺼번에 사라져 버렸으니 말입니다. 그 시 중에서 마지막 시만 당신께 전하여, 그대, 처녀들의 자랑이신 그대의 마음도 나처럼 즐거운 희망으로 가득 채워드리고 싶습니다.

나 고통에 몸부림치니,
가슴에 켜둔
사랑의 촛불이 꺼졌다.
다시는 웃고 떠들지 않으리!

그러나 정신이 몸을 기울여
말과 운율이 탄생하니,
나는 시를 써 내려간다.

어느새 다시 기쁨이 찾아오고,

가슴에서 위로하며
사랑의 촛불이 타오른다.
모든 고통 사라지고,
다정히 웃고 떠들 수도 있다네!

그래요. 사랑하는 안나! 당신을 지키는 기사, 내
가 곧 달려가서 그대를 빼앗아 가려는 그 악당에게
서 당신을 구해낼 것입니다! 그때까지 당신이 절망
하지 않도록, 내 훌륭한 스승의 보물상자에서 위로
가 될 신성한 경구 몇 구절을 적어 보내요. 이것을
읽고 그대가 기운을 냈으면 좋겠구려.

가슴이 넓어지면, 정신에 날개가 돋을까?
어쨌거나 유쾌한 익살꾼이여!
마음과 정성을 다하라!

사랑이 사랑을 증오할 수 있으며
시간도 시간을 놓칠 수 있다.

사랑은 꽃향기, 멈추지 않는 존재,

오, 젊은이여, 모피를 빨아도

젖게는 하지 마라!

겨울에는 차가운 바람이 분다고

그대 말하는가?

그러나 으레 그렇듯 외투는 따뜻한 법!

정말이지 신성하고 숭고하며 충실한 경구들이 아닐 수 없지요! 얼마나 소박하고 꾸밈없고 알찬 표현인지 모르겠어요! 그러나 다시 한번 말하겠어요. 사랑하는 나의 아가씨! 걱정 말고 여느 때처럼 날 가슴에 품어주세요. 내가 가서 당신을 구하여 사랑의 폭풍이 휘몰아치는 내 가슴에 당신을 꼭 안을 터이니.

그대의 충직한

아만두스 폰 네벨슈테른

추신. 나는 절대 코르두안슈피츠 씨에게 결투를

신청할 수 없어요. 아, 안나! 무모한 상대의 위험한 공격에 당신의 아만두스가 흘릴지 모를 피는 그 한 방울 한 방울이 모두 뛰어난 시인의 피이며, 함부로 뿌려서는 안 될 신들의 이코르*이기 때문이지요.

세상은 나 같은 정신에게 세상을 위해 최선을 다해 몸을 아끼고 지키라 요구하고, 그 바람은 옳습니다. 시인의 무기는 말이요, 노래입니다. 나는 내 연적을 티르테우스**의 전쟁 노래로 공격할 것이고, 날카로운 경구로 무찌를 것이며, 뜨거운 사랑이 넘치는 디티람보스***로 쓰러뜨릴 것입니다. 이것이 진정한 시인의 무기이니, 언제나 어떤 공격에도 승승장구하여 시인을 지켜주지요. 나는 그런 무기를 들고 무장하여 그대 앞에 나타나 그대의 손을 쟁취할 것입니다. 오, 안나!

---

* 신들의 몸에 혈액처럼 흐른다는 영험한 액체.
** 기원전 7세기 후반 스파르타의 애가 시인으로 스파르타 전사들의 헌신과 용기, 규율을 찬양하고 결의와 단결을 외친 시를 썼다.
***고대 그리스에서 디오니소스(주신)를 찬양하는 열광적이고 즉흥적인 합창시.

잘 지내요. 다시 한번 그대를 내 가슴에 꼭 안으며, 나의 사랑을, 무엇보다 어떤 위험도 겁내지 않고 치욕의 그물에서 그대를 구해낼 나의 영웅적 용기를 기대하세요. 아무리 보아도 악마 같은 괴물이 당신을 그 치욕의 그물로 유혹한 것 같구려!

이 편지를 받았을 때 안나 양은 마침 채소밭 뒤편 풀밭에서 신랑이 될 왕 다우쿠스 카로타 1세와 술래잡기를 하고 있었습니다. 그녀가 힘껏 달리다가 얼른 몸을 숙이면 못 보고 딴 곳으로 달려가는 난쟁이 왕이 웃겨서 너무너무 즐거웠지요. 그러느라 평소와 달리 애인의 편지를 읽지도 않고 호주머니에 쑤셔 넣었고, 우리도 곧 알게 되겠지만, 읽었을 때는 이미 때가 너무 늦었던 거지요.

답술 폰 차벨타우 씨는 안나 양이 왜 갑자기 생각을 바꾸어 그렇게 흉측하다고 난리치던 포르피리오 폰 오커로다스테스를 사랑하게 된 것인지 도무지 이해가 되지 않았답니다. 왜 그러냐고 별에게 물어봐도 대답이 시원치 않았어요. 그래서 어쩔 수 없이 사람 속은 천지 만물의 모든 비밀보다도 밝히기가 어렵고 어떤 별자리로도 이해할 수 없다고 생각하게 되었지요. 그 난쟁이에게는 사랑을 느끼게 할만한 아름다움이 눈을 씻고 찾아봐도 없었기에, 안나의 마음에 사랑을 불러온 것이 순전히 신랑의 고귀한 성품이라는 생각은 도저히 수긍할 수 없었거든요. 친애하는 독자께서도 이미 아시다시피, 답술 폰 차벨타우 씨가 정한 아름다움의 뜻은 젊은 처녀들이 마음에 품은 뜻과는 천지 차이였습니다. 그래도 어느 정도는 속세 경험이 있었으므로, 적어도 그 처녀들이 이성과 유머, 정신과 감정을 하나라고 생각하며, 유행하는 연미복이 잘 어울리지 않는 남자는 설사 셰익스피어, 괴테, 티크[*], 프리드리히 리

---

[*] 요한 루트비히 티크Johann Ludwig Tieck(1773~1853): 독일 낭만주의 시인이자 소설가.

히터[**]라 해도 젊은 처녀에게 다가가려는 순간 곧바로 군복 입은 체격 좋은 경기병 소위에게 밀려날 위험이 있다는 정도는 알고 있었지요.

물론 지금 안나 양은 사정이 전혀 달라서, 아름다움이나 이성이 중요한 게 아니었지요. 그렇기는 해도 보잘것없는 시골 처녀가 갑자기 왕비가 되는 일이 워낙 드물기에 답술 폰 차벨타우 씨는 아무것도 추측할 수가 없었답니다. 더구나 이번에는 별마저 그를 궁지에서 건져주지 않았거든요.

그러니까 포르피리오 폰 오커로다스테스 남작, 답술 폰 차벨타우 씨, 안나 양, 이 세 사람이 한마음 한뜻이었다고 생각할 수 있을 거예요. 답술 폰 차벨타우 씨는 예전과 달리 자주 탑에서 내려와 아끼는 사위와 온갖 재미난 내용으로 이

야기꽃을 피웠고, 특히 아침 식사는 꼭 아래층에서 먹곤 했답니다. 포르피리오 폰 오커로다스테스 남작도 아침 식사 때는 비단 궁전에서 나와 안나 양이 주는 버터 빵을 먹었습니다.

"아, 아……"

안나 양은 곧잘 킥킥대며 남작의 귀에 대고 소곤거렸어요.

"아, 아, 위대한 코르두안슈피츠 님, 당신이 왕이라는 것을 아버지께서 아신다면."

"진정해요."

다우쿠스 카로타 1세가 대답했어요.

"진정해요. 너무 좋아하다가 일을 망칠 수 있어요. 조만간 기쁨의 날이 올 겁니다!"

어느 날 교장 선생님이 자기 밭에서 뽑은 제일 좋은 무를 몇 다발 안나 양에게 갖다 주었습니다. 안나 양은 뛸 듯이 기뻤어요. 답술 폰 차벨타우 씨가 무를 정말 좋아하는데, 채소밭에 궁전을 짓는 바람에 아무것도 거둘 수가 없었잖아요. 더구나 이제야 생각이 났는데, 궁전에 채소란 채소는 없는 게 없는데 유독 무만 없었거든요.

안나 양은 선물 받은 무를 얼른 씻어서 아버지의 아침 식탁에 올렸습니다. 답술 폰 차벨타우 씨는 무 몇 개를 집어 이파리를 싹둑 자르더니 소금 통에 콕 찍어 맛있게 먹었습니다. 마침 남작이 안으로 들어왔어요.

"아, 오커로다스테스 님, 이 무 좀 드셔보세요!"

답술 폰 차벨타우 씨가 그에게 외쳤어요. 접시에 크기도 큰 데다 유난히 잘생긴 무 하나가 남아 있었거든요. 그런데 그 무를 보자 코르두안슈피츠의 눈에서 분노의 불꽃이 일기 시작했어요. 그가 무서울 정도로 큰 목소리로 고함을 질러댔어요.

"아니, 이 비열한 공작 놈이, 여기가 어디라고 감히 발을 들여놓았느냐! 어찌 이리 뻔뻔하게도 내 군사들이 지키는 이 집안으로 침입했단 말이냐! 적법한 나의 왕권을 뺏으려는 네 놈을 내 영원히 추방하지 않았더냐? 가거라, 썩 꺼지거라! 나를 배신한 신하는 필요 없다!"

갑자기 무의 두툼한 머리통 밑으로 두 다리가 자라나더니 그 다리로 무가 재빨리 접시에서 뛰어내렸고, 코르두안슈퍼츠에게로 바짝 다가서더니 말했습니다.

"잔혹한 다우쿠스 카로타 1세, 네가 내 종족을 멸족시키려 애를 썼다만 소용없었다! 너의 가문에서 과연 나와 내 일족만큼 머리가 큰 놈이 있느냐? 이성과 지혜, 통찰력과 예절, 우리는 그 무엇하나 빠짐없이 다 갖추었다. 너희는 부엌과 외양간을 떠돌며 한창 젊을 때나 겨우 조금 대접을 받으니, 금방 지나갈 너희의 행복은 그저 '청춘의 악마'가 주는 허망한 선물일 뿐이다. 그러나 우리는 고귀하신 분들의 대접을 받아서, 그분들은 우리가 초록 머리를 쳐들기만 해도 환호성을 울리며 우리를 환대한다! 그러니 다우쿠스 카로

타! 내 너에게 맞설 것이다. 너도 네 족속과 다름
없이 못생긴 악당이구나! 어디 두고 보자. 여기
서 누가 더 힘이 센지!”

무 공작은 이 말과 함께 긴 채찍을 휘두르며
순식간에 다우쿠스 카로타 1세를 덮쳤습니다.
그러나 다우쿠스 카로타 왕은 재빨리 작은 검을
빼서 용감하게 채찍을 막아냈지요. 두 난쟁이는
괴상망측한 동작으로 펄쩍펄쩍 뛰며 격투를 벌
였습니다. 그러다 다우쿠스 카로타의 공격으로
궁지에 몰리자, 무 공작이 풀쩍 뛰어 열린 창문
을 나가더니 걸음마 날 살려라 도망을 치기 시
작했지요. 친애하는 독자께서도 잘 알고 계시듯
아주 몸이 재빠른 다우쿠스 카로타 왕은 이번에
도 순식간에 몸을 날려 무 공작을 쫓아 밖으로
달려나갔습니다. 답술 폰 차벨타우 씨는 이 충
격적인 격투에 너무 놀라서 말 한마디 못한 채
로 꼼짝도 않고 멍하니 그 광경을 지켜보았답
니다. 그러다 둘이 사라지자 마침내 울부짖으며

소리를 질렀어요.

"아, 내 딸 안나야! 불쌍한 내 딸, 어찌 이리 운도 없을까! 다 끝났다. 나도 너도, 우리 둘 다 끝장이구나."

그는 그 말을 하며 방에서 뛰쳐나갔고, 힘닿는 대로 서둘러 천문 탑으로 올라갔습니다.

안나 양은 아버지가 갑자기 왜 저리 하염없이 슬퍼하는지 도통 이해가 되지 않았어요. 이유를 추측해 봐도 도무지 알 수 없었지요. 그녀는 이 모든 소동이 대단히 만족스러웠고, 신랑이 신분과 재산만 갖춘 것이 아니라 용기까지 겸비하고 있다는 걸 알고는 내심 기쁘기까지 했지요. 하긴 이 세상에 겁쟁이를 사랑할 수 있는 처녀는 없을 테니까요. 이제 그녀는 다우쿠스 카로타 1세 왕이 용맹하다는 확신을 얻었고, 아만두스 폰 네벨슈테른 씨가 왕과 결투를 원치 않는 이유를 더욱 절실히 깨달았지요.

여태 아만두스 씨를 버리고 다우쿠스 1세 왕을 택할지 말지 망설였지만, 이제 안나 양은 결심을 굳혔습니다. 신부가 되면 얻게 될 새 신분이 얼마나 대단할지 깨달았거든요. 안나 양은 당장 자리에 앉아 이런 편지를 썼습니다.

사랑하는 나의 아만두스!

"세상만사는 무상하고 덧없다"고 교장 선생님은 말씀하십니다. 그 말씀이 백번 옳아요. 사랑하는 나의 아만두스, 당신은 아주 많이 현명하고 학식이 높은 대학생이니까 교장 선생님의 말씀에 동의하실 테고, 제 생각과 마음이 조금 변했다는 말을 들어도 한치도 놀라지 않으실 거예요. 제가 여전히 당신을 아주 좋아하고, 금술 달린 빨간 펠트 모자를 쓴 당신이 얼마나 멋질지 눈에 선하다는 제 말은 믿으셔도 된답니다. 하지만 결혼은…… 사랑하는 아만두스, 잘 생각해 보세요. 당신이 아무리 영리하고, 아무리 아름다운 시를 쓸 수 있다고 해도, 절대 왕이 될 수는 없을 거예요. 그대, 놀라지 마세요. 난쟁이 코르두안슈피츠 님은 일개 코르두안슈피츠 씨가 아니라 막강한 권력을 가진 왕이고 이름은 다우쿠스 카로타 1세랍니다. 거대한 채소 왕국 전체를 다스리는 왕이신데, 그분이 저를 왕비로 간택했어요! 게다가 진짜 신분을 밝히고 나니 그분이 훨씬 더 멋있어졌네요. 이제야 저는 아버지의 말씀이 옳았다는 것을 깨달았어요. 아버지께서 머리는 남자의 자랑이므로 크면 클수록 좋다고 말씀하셨거든요. 물론 다우쿠스 카로타 1세는, 이것 좀 보세요. 그 멋진 이름이 얼마나 친숙한지, 제가 달달 외워서 쓸 수 있잖아요. 그러니까 제가 드리고 싶은 말씀은, 저의 난쟁이 왕 신랑이 말로 다 할 수 없을 만큼 우아하고 사랑스러운 행동을 한다는 거예요. 용감하기는 또 얼마나 용감무쌍한지! 그분은 제 눈 앞에서 버릇없고 불손하기 짝이 없어 보이는 무 공작을 물리쳤답니다. 아! 무 공작을 쫓아 창문을 뛰어넘던 그 모습이라니! 당신도 보셔야 했는데! 당신의 무기로도 저의 다우쿠스 카로타 님을 어떻게 할 수 있을 것이라는 생각이 들지 않아요. 그분은 천하무적 같거든요. 아무리 빈틈없고 예리한 시로도 그분을 해치지는 못할 거예요. 그러니 사랑하는 아만두스, 신심 깊은 사람답게 운명에 순종하고, 제가 당신의 아내가 아니라 그분의 왕비가 되어도 속상해하지 마세요. 저는 영원히 당신을 좋아하는 친구일 테니 마음 놓으시고요. 나중에 혹시 친위대에 들어가고 싶으시거든, 아니 당신은 무기보다 학문을 더 사랑하시니까 설탕당근[*] 학술원이나 호박 내각에 들어가고 싶으시거든 말씀만 하세요. 당장 그렇게 해드릴게요. 건강하시고, 화내지 않으셨으면 좋겠어요.

당신의 예전 신부였지만,

지금은 당신을 아끼는 친구이자

---

[*] Parsnip: 미나릿과 식물로, 당근과 비슷하게 생겼으나 하얀색을 띠는 뿌리채소이며 독특한 향과 단맛이 있다.

미래의 왕비인

안나 폰 차벨타우

(조만간 폰 차벨타우라는 성은 못 쓸 테니까,

앞으로는 그냥 안나라고만 쓰겠네요.)

추신: 맛있는 버지니아 잎담배도 넉넉히 드릴 거예요. 그건 철석같이 믿으셔도 돼요. 보아하니 우리 궁전에서는 아무도 담배를 안 피울 테지만, 당장 왕좌 바로 옆에 화단 몇 개 만들어서 버지니아 담배를 심고 제가 특별 관리를 해야겠어요. 담배를 잘 기르려면 교양과 도덕이 있어야 할 테니까, 나의 다우쿠스 님께 담배 재배 관련 특별법을 만드시라고 해야겠어요.

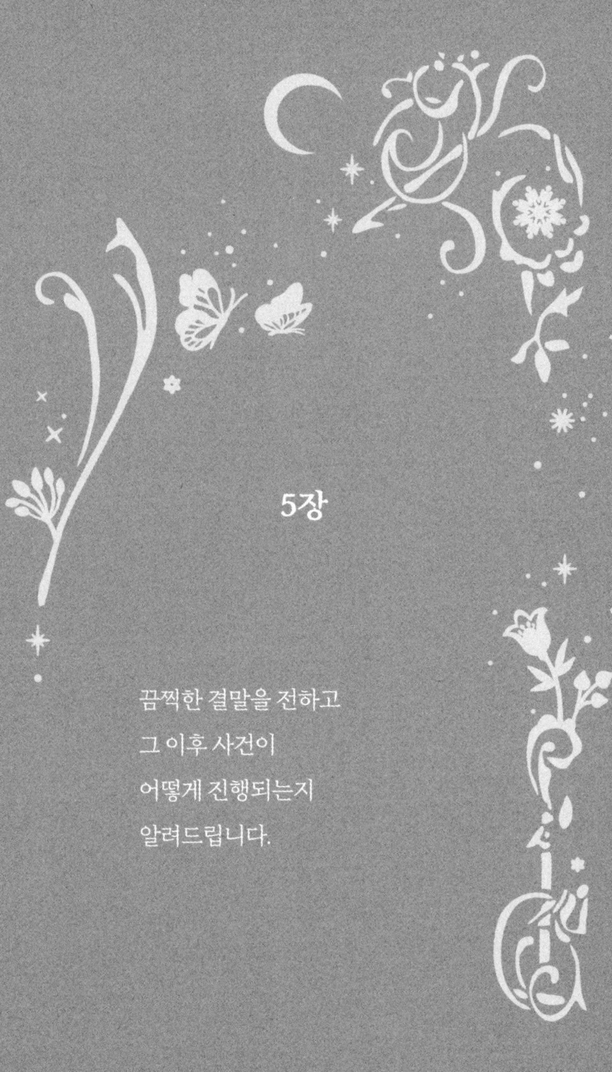

5장

끔찍한 결말을 전하고
그 이후 사건이
어떻게 진행되는지
알려드립니다.

안나 양이 아만두스 폰 네벨슈테른 씨에게 쓴 편지를 막 부치고 났을 때였습니다. 답술 폰 차벨타우 씨가 집안으로 들어와 울먹이는 말투로 침통하게 말을 꺼냈습니다.

"아, 내 딸 안나야! 창피스럽게도 우리 둘 다 속았다! 그 천하에 몹쓸 놈이 너를 유혹하여 올가미를 채우고, 내게는 자기가 포르피리오 폰 오커로다스테스 남작, 일명 코르두안슈피츠이며, 위대한 정령 놈 트실메네히가 고귀한 코르도바의 원장 수녀와 결합하여 남긴 빛나는 가문의 자손이라고 거짓말을 했구나. 못된 놈 같으니라고! 네가 사실을 알면 기절해서 쓰러질 것이다! 그 작자는 정령 놈이기는 해도, 채소나 가꾸는 가장 미천한 가문이란다! 트실메네히는 정령 놈 중에서도 가장 고귀한 가문, 그러니까 다이아몬드를 보살피는 가문 출신이었어. 그 가문 다음으로 신분이 높은 가문은 금속 왕국에서 금속을 만드는 가문이고, 그다음이 꽃을 돌보는 가문인데, 이들은 실프에게 의존하기 때문에 그다지 품위 있는 가문이 아니지. 하지만 제일 신분이 낮고 품위도 없는 작자들은 바로 채소를 재배하는 정령이다. 사기꾼 코르두안슈피츠가 바로 그런 놈이야. 그런데 그게 다가 아니야. 글쎄, 그 작자가 그 가문의 왕이고 이름이 다우쿠스 카로타라는구나!"

안나 양은 기절해서 쓰러지지 않았고, 조금도 놀라지 않았어요. 오히려 한탄하는 아버지에게 아주 다정하게 미소를 지었습니다. 친애하는 독자께서는 이미 그 이유를 알고 계시겠지요! 그러나 답술 폰 차벨타우 씨는 그런 안나 양을 보고 너무 놀라서, 제발 끔찍한 운명을 깨닫고 슬퍼하라고 더욱 재촉했지요. 안나 양은 마음에 간직하고 있던 비밀을 더는 지킬 필요가 없어졌다는 생각이 들었어요. 그래서 아버지께 코르두안슈피츠 남작이라는 자는 오래전에 자신에게 진짜 신분을 밝혔고, 그때부터 자신은 그에게 호감을 품게 되었으며, 그 사람이 아니면 다른 어떤 남자하고도 결혼하고 싶지 않다고 말했지요. 또 다우쿠스 카로타 1세를 따라 채소 왕국에 갔더니 놀랄 만큼 아름다웠다는 말과 함께, 그 왕국에 사는 각양각색의 백성들이 신기할 만큼 기품이 넘쳤다는 칭찬도 잊지 않고 덧붙였답니다.

답술 폰 차벨타우 씨는 여러 번 손뼉을 쳤고, 그 작자가 한 짓이 너무도 음흉하고 사악하여 엉엉 울었습니다. 그 작자가 불쌍한 안나 양을 자신의 깜깜한 악마 왕국으로 끌고 가려고 가장 교활한 방법, 어쩌면 자신에게조차 위험한 방법을 사용했기 때문이었지요.

"물론 정령과 인간의 결합은 매우 아름다울

수 있단다.”

답술 폰 차벨타우 씨가 설명을 하기 시작하자 딸은 귀 기울여 아버지 말씀을 들었습니다.

“매우 아름답고 유익할 수 있어. 놈 트실메네히와 막달레나 드 라 크루아의 결혼이 본보기란다. 그래서 사기꾼 다우쿠스 카로타도 자기가 그 혈통의 한 후손이라고 주장하고 있는 것이고. 하지만 저 작자는 그런 정령 가문의 왕이나 군주들하고는 완전히 달라. 샐러맨더 왕들은 화만 내고, 실프 왕들은 잘난 척만 하고, 운디네 여왕들은 사랑에 홀딱 빠져서 질투만 해대지만, 정령 놈 왕들은 음흉하고 간악하고 잔인하거든. 자기 신하를 납치해 가는 인간 자손에게 보복하자고 아무나 인간 자손을 유혹하려 드니까 말이야. 유혹에 넘어간 인간 자손은 인간의 본성을 완전히 버리고 정령 놈하고 똑같이 흉측한 꼴이 되어 땅속으로 끌려 들어가고, 들어가면 두 번 다시 밖으로 나오지 못한단다.”

답술 폰 차벨타우 씨가 온갖 결점을 늘어놓으며 사랑하는 다우쿠스를 헐뜯어도 안나 양은 절대 믿고 싶지 않은 것 같았습니다. 오히려 자신이 이제 곧 다스릴 것이라 믿는 그 아름다운 채소 왕국의 멋진 모습을 반복해서 이야기하기 시작했어요.

"눈이 멀었구나!"

잔뜩 화가 난 답술 폰 차벨타우 씨가 버럭 고함을 질렀습니다.

"어리석어 눈이 멀었어! 네 아비가 카발라의 지혜를 꿰뚫고 있는데, 못 믿겠느냐? 그 몹쓸 다우쿠스 카로타가 네게 보여준 게 전부 가짜요, 사기라는 것을 나는 알겠는데, 네가 나를 못 믿으니 내 하나뿐인 자식을 구하자면 널 설득할 수밖에 없구나. 최후의 방법을 쓸 수밖에. 나랑 같이 가자!"

안나 양은 또 한 번 아버지를 따라 천문 탑으

로 올라갔습니다. 답술 폰 차벨타우 씨는 큰 상자에서 노랑, 빨강, 하양, 초록색 끈을 잔뜩 꺼내더니 요상한 의식을 하면서 그 끈으로 안나 양을 머리끝에서부터 발끝까지 칭칭 감았습니다. 그리고 자기 몸에도 똑같이 끈을 감았지요. 그런 후 안나 양과 답술 폰 차벨타우 씨 부녀는 다우쿠스 카로타 1세의 비단 궁전으로 살금살금 다가갔습니다. 안나 양은 아버지가 시키는 대로 가져온 예리한 가위로 천막의 솔기를 자르고는 그 틈으로 안을 들여다보았습니다.

그런데 세상에! 이게 무슨 일이란 말입니까! 안나 양의 눈에 들어온 광경이 어땠을까요? 풍성한 채소밭, 당근 친위대, 케일 귀부인, 라벤더 시종, 양상추 왕자, 그토록 훌륭해 보였던 그 모든 것이 있던 자리에 무엇이 있었을까요? 깊은 웅덩이에 무채색의 구역질 나는 진흙이 잔뜩 들어차 있었습니다. 그리고 그 진흙에는 흙에 사는 온갖 흉측한 생물들이 꿈틀대고 있었고요. 살진

지렁이들이 느릿느릿 꿈틀거리며 서로 뒤엉켰고, 다른 쪽에선 딱정벌레처럼 생긴 벌레가 짤막한 다리를 내뻗으며 아등바등 기어가고 있었습니다. 그 벌레의 등에는 커다란 양파가 얹혀있었는데, 양파에 못생긴 사람 얼굴이 달려있었답니다. 그 얼굴이 히죽히죽 웃고, 노랗고 탁한 눈으로 힐긋힐긋 곁눈질해대면서 귀에 딱 붙어 자란 작은 발톱으로 다른 얼굴의 긴 매부리코를 잡아 진창으로 끌어내렸지요. 그런가 하면 기다란 민달팽이들이 혐오스러울 정도로 느리게 꿈틀대며 서로 뒤엉켜서는 긴 뿔을 웅덩이 밖으로 뻗쳤답니다. 이 소름 끼치는 광경에 충격을 받은 안나 양은 기절하기 일보 직전이었습니다. 그녀는 두 손으로 얼굴을 가리고 얼른 도망쳤어요.

"이제 알겠니?"

답술 폰 차벨타우 씨가 안나 양에게 말했습니다.

"저 흉악한 다우쿠스 카로타 놈이 너를 얼마

나 파렴치하게 속였는지 이제 알겠어? 그 작자가 잠깐 멋진 광경을 꾸며서 너한테 보여준 거란다. 눈부시게 화려한 모습으로 너를 유혹하려고 신하들에게 파티복을 입히고 친위대에게 제복을 입혔던 것이야! 하지만 너는 이제 네가 다스리게 될 왕국의 민낯을 봤다. 저 끔찍한 다우쿠스 카로타의 아내가 된다면 너는 지하 왕국에 꼼짝없이 갇혀서 다시는 땅 위로 올라오지 못할 거란다. 그렇지만…… 아, 아! 아니, 이게 무슨 일이냐? 세상에 나보다 불행한 아비는 없을 것이야!"

답술 폰 차벨타우 씨가 갑자기 정신이 나가서 어찌할 바를 몰랐으므로, 안나 양은 또 무슨 불행이 닥쳤구나, 하고 짐작했지요. 그래서 불안에 떨며 아버지에게 무엇 때문에 그토록 슬퍼하시는지 이유를 물었습니다. 하지만 답술 씨는 흑흑 훌쩍이느라 이런 토막 난 몇 마디 말밖에는 내뱉지 못했답니다.

"아…… 아…… 아…… 내 딸……꼴이…… 이

게……무슨……!”

방으로 달려가 거울을 들여다본 안나 양은 기겁을 하고는 뒤로 흠칫 물러났습니다.

그럴만한 이유가 있었거든요. 그 이유는 이랬어요. 답술 폰 차벨타우 씨가 다우쿠스 카로타 왕의 신부에게 코앞에 닥친 위험을 막 알려주려던 찰나, 그녀의 얼굴과 몸매가 차츰차츰 본모습을 잃고 서서히 진짜 정령 놈의 왕비 모습으로 변해갔어요. 답술 씨는 이미 무서운 일이 벌어졌다는 걸 알아차렸죠. 안나 양의 머리통은 훨씬 두툼해지고 피부는 사프란*처럼 노랗게 변해버려서, 너무나도 보기 싫은 몰골이 되어버렸으니까요. 유별나게 허영심 많은 처녀는 아니었어도, 안나 양 역시 못생겨지는 것이 이 세상에서 겪을 수 있는 가장 크고 끔찍한 불행이라는 것쯤은 충분히 알고 있었죠. 장차 여왕이 되어 머리에 왕

---

* 붓꽃과 식물인 사프란 크로커스*Crocus sativus*의 암술대를 말려 만든 향신료로, 특유의 노란색을 띠므로 음식에 색을 더한다.

관을 쓰고 비단옷을 입고 다이아몬드와 금이 달린 목걸이와 반지를 끼고서, 여덟 필의 말이 끄는 마차에 남편인 왕의 옆자리에 앉아 일요일마다 교회에 간다면, 교장 선생님의 사모님을 포함한 온 마을 여인네들이 감탄을 하겠지요. 답술하임 교구가 소속된 마을의 거만한 대영주 부인네들까지도 존경 어린 눈빛을 보낼 테고요. 안나 양은 그 멋진 장면을 얼마나 자주 상상했는지 모릅니다. 그래요. 수도 없이 그런 꿈에, 이런저런 별난 꿈에 빠져들었답니다. 안나 양의 눈에서 하염없이 눈물이 흘렀습니다.

"안나, 나의 딸 안나야, 당장 이리로 올라오너라!"

답술 폰 차벨타우 씨가 확성기를 입에 대고 아래를 향해 소리쳤습니다. 탑에 올라가니 아버지는 광부 차림을 하고 있었습니다. 아버지가 침착하게 말씀하셨어요.

"벼랑 끝에 몰릴수록 해답은 가까운 곳에 있는 법이다. 조금 전에 알아보니 다우쿠스 카로타는 오늘, 아마 내일 점심때까지도 궁전을 떠나지 않을 것 같구나. 올해 겨울 양배추를 어떻게 할지 의논을 하느라 왕자들과 대신들을 비롯한 왕국의 거물들을 소집했거든. 회의가 중요한 만큼 아마 오래 걸릴 테고, 어쩌면 올해 우리는 겨울 양배추를 못 먹을지도 모르겠다.

어쨌든 나는 다우쿠스 카로타가 나랏일을 살피느라 내가 하는 일을 알아차릴 수 없는 이 시간을 이용해서 무기를 장만할 생각이다. 그걸로 저 형편없는 정령 놈과 싸워 녀석을 물리치고 네게 자유를 되찾아 주마. 내가 여기서 작업할 동안에 너는 꼼짝도 하지 말고 저 망원경으로 천막을 지켜보다가, 누가 밖을 내다보거나 밖으로 나오려는 낌새가 있거든 바로 내게 알려다오."

안나 양은 아버지가 시키는 대로 했습니다. 그렇지만 내내 천막의 문은 열리지 않았지요. 몇 걸음 뒤에서 답술 폰 차벨타우 씨가 망치로 세게 금속판을 탕탕 두드려댔지만, 천막에서는 어수선한 큰 비명과 찰싹찰싹 따귀를 때리는 듯한 낭랑한 소리가 자주 들려왔습니다. 안나 양이 그 말을 하자, 답술 폰 차벨타우 씨는 아주 좋아하면서, 저놈들이 저 안에서 저희끼리 미쳐 날뛰며 물고 뜯으니 밖에서 자기들을 죽이려고 일을 꾸민다는 것을 까맣게 모를 거라고 말했어요.

답술 폰 차벨타우 씨는 놋쇠를 두드려 정말로 예쁜 냄비랑 프라이팬을 만들었습니다. 그걸 보고 안나 양은 적잖이 놀랐어요. 조리 도구라면 모르는 것이 없는 그녀가 보기에도 도금이 기막히게 잘되었고, 놋쇠 대장장이라면 지켜야 하는 법적 의무를 아버지가 잘 지켰다는 확신이 들었으므로, 안나 양은 이 멋진 조리 도구를 부엌에 가져가 써도 되냐고 물었습니다. 그러나 답술 폰 차벨타우 씨는 의미심장한 미소를 지어 보이며 이렇게만 말했어요.

"지금은, 안나야, 지금은 아래로 내려가거라. 사랑하는 내 딸. 가서 내일 우리 집에서 일어날 일을 차분히 기다리렴!"

답술 폰 차벨타우 씨가 미소를 지었으므로 불행한 안나 양도 희망과 믿음을 얻었답니다.

이튿날 점심때가 가까워지자, 답술 폰 차벨타우 씨는 냄비와 프라이팬을 들고 내려와 부엌으로 들어가서는, 오늘은 자기 혼자서 점심을 준비할 테니 안나 양과 하녀는 밖으로 나가라고 말했어요. 그러면서 안나 양에게 코르두안슈피츠가 금방 올 텐데 최대한 공손하고 다정하게 맞이하라고 신신당부했습니다.

코르두안슈피츠인지 다우쿠스 카로타 1세 왕인지가 정말로 금세 나타났어요. 워낙 평소에도 사랑에 빠진 남자처럼 굴기는 했지만, 오늘은 유별나게 더 좋아 어쩔 줄을 모르는 것 같았지요. 안나 양은 다우쿠스가 별로 힘들이지 않고도 그녀의 품으로 뛰어올라 그녀를 껴안고 키스할 수 있을 정도로 자신이 작아진 걸 깨닫고는 깜짝 놀랐답니다. 불행한 안나 양은 이 흉측한 난쟁이 괴물이 너무너무 혐오스러웠지만, 꾹 참을 수밖에 없었어요.

이윽고 답술 폰 차벨타우 씨가 방으로 들어와 말했습니다.

"오, 위대하신 나의 포르피리오 폰 오커로다스테스 님! 우리와 함께 부엌으로 가셔서 미래의 당신 아내가 얼마나 알뜰살뜰하게 살림을 잘하는지 한번 보지 않으시렵니까?"

안나 양은 그렇게 음흉하고 짓궂은 아버지의 눈빛을 본 적이 없었습니다. 답술 씨는 그런 눈빛을 하고서 난쟁이 다우쿠스의 팔을 잡더니 억지로 잡아당기다시피 해서 그를 부엌으로 끌고 갔지요. 안나 양은 아버지의 눈짓을 따랐고요.

타닥거리며 이글이글 타는 불, 불에 달아 벌개진 석탄, 아궁이에 올려놓은 예쁜 놋쇠 냄비와

프라이팬들을 보자 안나 양은 흥분이 되어 심장
이 요동쳤습니다.

답술 폰 차벨타우 씨가 코르두안슈피츠를 아
궁이 가까이로 바짝 데려가자, 냄비와 프라이팬
에서 쉭쉭, 부글부글 끓는 소리가 더 거세어지더
니 겁먹은 울음소리와 신음으로 변했습니다. 한
냄비에서 이렇게 울부짖는 소리가 들렸어요.

"오, 다우쿠스 카로타여! 우리의 왕이시여! 당
신의 충직한 신하들을 구해주소서. 불쌍한 당근
을 구하소서! 저자가 저희를 잘게 썰어 비천한
물에다 던지고는 아프게 버터와 소금을 마구 쳐
대니, 저희는 이루 말할 수 없는 고통에 몸부림
치고 있습니다. 고귀한 파슬리 청년들도 이 고통
을 함께 겪고 있고요."

그러자 프라이팬에서도 탄식이 터져 나왔어요.

"오, 다우쿠스 카로타여! 우리의 왕이시여! 당
신의 충직한 신하를 구하소서. 불쌍한 당근을 구
해주소서! 저자가 저희를 지옥 불에 굽고 있습니

다. 물을 주지 않아 엄청난 갈증에 시달리니 저희는 어쩔 수 없이 저희의 심장에서 피를 마시고 있습니다.”

다른 냄비에서도 흐느끼는 울음소리가 들려왔지요.

“오, 다우쿠스 카로타여! 우리의 왕이시여! 당신의 충직한 신하를 구하소서. 불쌍한 당근을 구해주소서! 웬 잔혹한 요리사가 저희 속을 후벼 파내더니 그걸 잘게 썰어 달걀, 생크림, 버터와 같은 온갖 이상한 것들과 섞어서는 도로 빈속에다 쑤셔 넣었습니다. 그래서 저희의 모든 신념과 그 밖의 분별력이 뒤죽박죽되어, 저희가 무슨 생각을 하는지 저희도 모르겠습니다!”

이제 모든 냄비와 프라이팬에서 울음소리와 비명이 터져 나와 뒤범벅되었습니다.

“오, 다우쿠스 카로타여, 막강하신 왕이시여, 구해주소서. 당신의 충직한 신하를 구하소서. 불쌍한 당근을 구해주소서!”

다우쿠스가 꽥 소리를 질렀습니다.

"이 무슨 저주받을 멍청한 바보 놀음이란 말이냐!"

그는 평소처럼 날쌔게 아궁이로 풀쩍 뛰어올라, 한 냄비 안을 들여다보더니 갑자기 그 안으로 풍덩 들어갔어요.

답술 폰 차벨타우 씨가 부리나케 달려가 "잡았다!"고 환성을 지르며 냄비 뚜껑을 닫으려고 했지요. 하지만 용수철 같은 탄력으로 코르두안 슈피츠가 위로 풀쩍 뛰어오르더니 큰 소리가 나도록 답술 폰 차벨타우 씨의 따귀를 몇 차례나 찰싹찰싹 때리며 이렇게 호통치는 거예요.

"무식하고 건방진 카발라 학자, 가만두지 않겠다! 어린 백성들아, 나오너라. 썩 나오거라!"

그러자 모든 냄비와 프라이팬에서 손가락만 한 수백 명의 흉측한 난쟁이들이 마왕의 군대처럼 뿜어져 나와서는 답술 폰 차벨타우 씨의 온몸에 찰싹 달라붙더니 그를 뒤로 넘어뜨려 커다란 접시에 던져넣고는 조리를 하기 시작했어요. 모든 식기에서 국물을 덜어 그의 몸에 끼얹었었고 그 위에 다진 달걀, 육두구[*], 빵가루를 뿌렸지요. 그러고 나서 다우쿠스 카로타가 창밖으로 몸을 날리자, 그의 신하들도 뒤를 따라 창문을 넘어 밖으로 나갔습니다.

놀라 혼이 나간 안나 양이 조리되어 큰 사발에 놓여있는 불쌍한 아버지 곁에 털썩 주저앉았어요. 아무리 봐도 아버지가 산 사람 같지가 않았거든요. 아버지가 돌아가셨다고 생각한 안나 양이 슬피 울기 시작했어요.

"불쌍한 우리 아버지. 아버지마저 돌아가셨으니 이제 저 악마 같은 다우쿠스한테서 날 구해줄 이가 하나도 없구나!"

그러나 그 순간 답술 폰 차벨타우 씨가 눈을 번쩍 뜨더니 젖 먹던 힘을 짜내 접시에서 풀쩍

---

[*] 두구나무의 열매로, 속껍질인 메이스를 벗겨낸 속열매를 육두구라고 부르며 향신료로 쓴다.

뛰어내렸고, 안나 양이 여태 한 번도 들어 본 적 없는 큰 목청으로 고함을 질러댔어요.

"흥, 가증스러운 다우쿠스 카로타. 이 정도로 죽을 내가 아니다! 그래, 무식하고 건방진 카발라 학자가 뭘 할 수 있는지 한 번 두고 보거라!"

안나 양은 얼른 부엌 빗자루를 집어 들고 아버지 몸에 붙은 다진 달걀과 육두구, 빵가루를 쓸어 냈어요. 그러자 답술 폰 차벨타우 씨는 놋쇠 냄비를 하나 집어 투구처럼 머리에 쓰고는 왼손에는 프라이팬을, 오른손에는 커다란 조리용 양철 스푼을 들더니 그렇게 무장을 한 꼴로 밖으로 뛰쳐나갔습니다. 안나 양은 답술 폰 차벨타우 씨가 코르두안슈피츠의 천막으로 전력 질주하는 것까지는 보았지만, 거기서 나오는 것은 보지 못했어요. 그만 기절해 버렸거든요.

정신을 차렸을 때도 답술 폰 차벨타우 씨는 어디로 갔는지 보이지 않았답니다. 해가 져도, 밤이

깊어도, 이튿날 아침이 되어도 아버지가 돌아오
지 않자, 안나 양은 불안해서 견딜 수가 없었어
요. 아버지의 새 계획이 실패로 돌아간 것 같은
예감이 밀려왔으니까요.

6장

마지막 장이자

가장

감동적인 장입니다.

안나 양이 크게 상심하여 방 안에 혼자 덩그러니 앉아 있으려니, 문이 벌컥 열리면서 아만두스 폰 네벨슈테른 씨가 들어왔습니다. 안나 양은 너무 후회되고 창피해서 눈물을 철철 흘리면서 불쌍한 목소리로 간청했답니다.

"아, 사랑하는 나의 아만두스, 부디 저를 용서하세요. 제가 눈이 멀어 당신께 그런 편지를 보냈어요. 마법에 걸려서 그랬던 것인데, 지금도 그 마법이 풀리지 않은 것 같아요. 절 구해주세요, 아만두스, 절 구해주세요! 비록 몰골은 이렇게 노랗고 흉측해졌지만, 저의 진실한 마음만은 변함이 없어요. 전 왕비가 되고 싶지 않아요!"

"왜 그래요?"

아만두스 폰 네벨슈테른 씨가 물었어요.

"그대가 이렇게 비통해하는 이유를 모르겠어요. 사랑하는 나의 아가씨, 정말로 멋지고 화려한 운명이 그대를 찾아왔는데 대체 왜 이러는 거죠?"

"놀리지 마세요."

안나 양이 소리쳤어요.

"분수도 모르고 왕비가 되겠다고 교만하게 굴던 벌은 충분히 받았어요!"

"진짜 이해가 안 되어서 그래요."

아만두스 폰 네벨슈테른 씨가 말했습니다.

"충직한 나의 아가씨. 솔직히 고백하면 그대의 마지막 편지를 받고서 분노와 절망에 빠졌던 건 맞아요. 그래서 애먼 친구에게 주먹질을 하고, 개도 패고 유리잔 몇 개도 부셨지요. 그대도 아시다시피 복수심에 불타는 대학생하고는 장난을 치면 안 되는 거잖아요! 그렇게 실컷 화풀이를 하고 나자, 당장 가서 사랑하는 내 신부를 어떻게, 왜, 누구한테 빼앗겼는지 내 눈으로 직접 확인해야겠다는 마음이 들었어요. 사랑에는 신분과 지위가 없는 법이잖아요. 나는 다우쿠스 카로타 왕을 직접 만나서 내 신부하고 결혼하겠다니 날 모욕하는 짓이 아닌지 따져 물으려고 했지요. 그런데 막상 여기에 오자 일이 예상과 다르게 흘러갔어요. 저기 밖에다 세운 예쁜 천막 곁을 지나려는데, 마침 다우쿠스 카로타 왕이 천막에서 나오는 게 아니겠어요. 그런데 지금껏 한 번도 왕을 본 적은 없었지만, 보자마자 나는 그분이 세상 제일 친절한 군주라는 것을 단박에 알아보았어요. 생각해 봐요. 나의 아가씨, 그분은 나를 보자마자 내가 위대한 시인임을 알아보시고는 읽은 적도 없는 내 시를 침이 마르도록 칭찬하시더니 나더러 자기 궁정의 궁정 시인으로 일해보지 않겠느냐고 제안했거든요. 그런 일이 불타는 내 소망의 지고한 목표였기에 나는 뛸 듯이 기뻐하며 그 제안을 받아들였지요. 오, 소중한 나의 아가씨! 나는 열정을 다해 그대를 찬양할 것입니다! 자고로 시인은 왕비와 군주의 부인을 사랑할 수 있지요. 아니, 그런 지체 높으신 분을 마음의 여인으로 택하는 것은 오히려 시인의 의무입니다. 그러느라 살짝 광기에 빠진다 해도, 바로 그 광기에서 시에 꼭 필요한 신성한 무아지경이 탄생하는 것이니 시인이 약간 이상한 행동을 하더라도 놀라지 말고 위대한 타소[*]를 떠올리면 될 것입니다. 타소 역시 레오노라 데스테 공주를 사랑한 탓에 보통의 이성을 약간 상실했다고 전해지니 말입니다. 그래요. 소중한 나의 아가씨, 그대도 곧 왕비가 되실 테니 내 마음의 여인으로 남아주세요. 더없이 숭고하고 거룩한 시를 지어서 내 그대를 드높이 찬양할 것입니다."

"뭐라고요? 그를 봤군요. 그 고약한 괴물을 보셨군요. 그가……"

---

[*] 토르콰토 타소 Torquato Tasso(1544~1595): 이탈리아의 시인.

안나 양이 기겁해서 막 말을 쏟아내려는 찰나, 그 주인공이 나타났습니다. 난쟁이 정령 왕이 방으로 들어와서는 다정하기 이를 데 없는 말투로 이렇게 말했거든요.

"오, 사랑스럽고 어여쁜 나의 신부, 내 마음의 우상! 답술 폰 차벨타우 씨가 저지른 사소한 실수 때문에 내가 화났을까 봐 걱정할 필요 없어요. 나는 화나지 않았어요. 그 일로 오히려 내 행운이 앞당겨져서 예상치 않게 내일 그대, 사랑스러운 그대와 나의 성대한 결혼식이 거행될 것이오. 내가 아만두스 폰 네벨슈테른 씨를 우리의 궁정 시인으로 임명할 텐데, 그대도 반겨주면 좋겠소. 그에게 지금 당장 시험 삼아 재능을 발휘해서 우리에게 노래 한 곡 불러달라 하고 싶으니 우리 같이 정자로 나갑시다. 나는 야외가 좋아요. 내가 당신 품에 안길 테니, 사랑스러운 신부여, 시인이 노래를 부르는 동안 그대는 내 머리를 좀 만져줘요. 그럴 때는 누가 그렇게 해주는 것이

좋더라고요."

안나 양은 너무 무섭고 겁이 나서 꼼짝도 못
하고 난쟁이가 하자는 대로 했습니다. 다우쿠스
카로타는 바깥의 정자로 가서 안나 양의 품에 안
겼고, 안나 양은 그의 머리를 만져주었습니다. 아
만두스 폰 네벨슈테른 씨는 그가 직접 작사 작곡
해서 두꺼운 책에 적어둔 144곡 중에서 제일 첫
번째 곡을 기타 반주를 곁들여 부르기 시작했습
니다.

지금 들려드리는 이 이야기는 전부 답술하임
연대기에서 뽑아왔습니다. 하지만 안타깝게도
아만두스 폰 네벨슈테른 씨가 직접 작사 작곡했
다는 그 144곡은 답술하임 연대기에 적혀 있지
않아요. 다만 지나가던 농부들이 걸음을 멈추고
서, 대체 어떤 사람이 답술 폰 차벨타우 씨의 정
자에 왔기에 저다지도 괴로워 저런 끔찍한 비명
을 내지르는지, 호기심에 겨워 물었다는 이야기

만 적혀 있다고 해요.

다우쿠스 카로타는 안나 양의 품에서 몸부림을 쳤고, 심한 복통에 시달리기라도 하듯 시간이 갈수록 점점 더 처참하게 끙끙대며 앓는 소리를 냈습니다. 안나 양도 노래를 듣는 동안 코르두안 슈피츠가 자꾸만 작아지는 걸 알고 적잖이 놀랐습니다. 그리고 마침내 아만두스 폰 네벨슈테른 씨가 아래의 숭고한 시구를 노래했습니다. (실제로 연대기에는 이 노래 한 곡만 실려 있답니다.)

아아! 시인은 즐거이 노래한다!
꽃향기와 빛나는 꿈들이
장밋빛 우주 공간을 지나
황홀하고 경건하게 어딘가로 흘러간다!
그래, 너 황금빛의 어딘가여,
고운 무지개 속을 떠다니며
그곳 꽃물결을 거처로 삼는
너는 아이 같은 그런 그런 곳!

밝은 마음, 그런 그런 심장,

오직 사랑하고, 오직 믿으며

비둘기와 장난치고 구구구 운다.

그것을 시인은 즐거이 노래한다.

황금빛 우주 공간을 지나

머나먼 복된 어딘가로 나아가니,

달콤한 꿈들이 그를 에워싸

시인은 영원한 그것이 된다!

그리움의 어딘가가 그에게 열리면

곧 사랑의 불길이 타오르고,

인사와 입맞춤, 다정한 결합,

그리고 꽃들과 향기와 꿈들,

삶과 사랑과 희망의 씨앗들

그리고⋯⋯

다우쿠스 카로타는 귀를 찢을 듯한 새된 비명
을 내지르며 아주아주 작은 당근으로 변했고 안
나 양의 품에서 미끄러져 땅속으로 들어가더니

순식간에 흔적도 없이 사라져버렸답니다. 그와 동시에 밤사이 잔디 벤치에 딱 붙어서 자란 것 같은 회색 버섯이 불쑥 솟아났어요. 알고 보니 그 버섯은 다름 아닌 답술 폰 차벨타우 씨의 회색 펠트 모자였답니다. 모자 밑에 숨어 있던 답술 씨는 아만두스 폰 네벨슈테른 씨의 가슴으로 돌진하였고, 그를 얼싸안고는 기쁨에 겨워 이렇게 외쳤습니다.

"오, 귀하고 훌륭하며 사랑스러운 나의 아만두스 폰 네벨슈테른 군! 자네의 막강한 주문 시가 내 모든 카발라의 지혜를 이겼군. 심오한 마법도, 낙담한 철학자의 무모한 용기도 해내지 못한 일을 자네의 시가 해냈으니 말이야. 자네의 시가 배신자 다우쿠스 카로타의 몸으로 맹독처럼 파고들었기에, 그자는 서둘러 자기 왕국으로 내빼지 않았더라면 제아무리 정령 놈이라고 해도 복통을 앓다가 비참하게 죽고 말았을 것이야! 내 딸 안나는 풀려났네. 마법에 걸려 꼼짝없이 여기 붙들려 있던 나도 그 무시무시한 마법에서 풀려났고. 나는 마법에 걸려 볼품없는 버섯으로 변했으므로 내 딸 손에 도륙당할 위험이 컸지. 저 착한 아이는 송이버섯같이 딱 한눈에 고상한 품격이 드러나지 않는 버섯은 정원과 밭을 가리지 않고 모조리 예리한 삽으로 무자비하게 베어 버리거든. 고맙네. 정말 진심으로 고마워. 존경하는 아만두스 폰 네벨슈테른 군, 어떤가? 내 딸에 대해서는 다 예전 그대로지? 하긴, 하늘도 무심하시지. 사악한 놈의 장난질에 속아 넘어가 어여쁘던 저 아이의 모습이 오간 데 없이 사라졌으니. 그래도 자네는 너무나도 훌륭한 철학자이니 그런 걸 가지고……"

"아. 아버지, 아버지."

안나 양이 환호성을 질렀습니다.

"저기 좀 보세요, 저기를 보시라니까요. 비단 궁전이 없어졌어요. 그 작자가 갔어요. 그 못생긴 괴물이 양상추 왕자랑 호박 대신을 데리고 가버렸어요. 그것 말고도 다 갔어요!"

안나 양은 이렇게 외치며 채소밭으로 달려갔지요. 답술 폰 차벨타우 씨도 힘껏 딸을 쫓아갔고, 아만두스 폰 네벨슈테른 씨도 혼자서 이렇게 구시렁대며 그 뒤를 따라갔고요.

"이게 다 어찌 된 일인지는 모르겠지만 그 꼴불견 난쟁이 당근 녀석이 파렴치하고 산문만 좋아하는 악당 녀석인 것만은 확실해. 시를 아는 왕이 아니었던 거지. 그랬다면 나의 그 고상한 노래를 듣고 배가 아파 땅으로 기어들어 갔을 리가 없잖아."

안나 양이 풀 한 포기 나지 않은 채소밭에 서 있으려니 갑자기 불행을 몰고 왔던 그 반지를 낀 손가락이 엄청나게 아파졌어요. 그리고 동시에 땅속 저 밑에서 가슴을 저미는 탄식이 들리더니 당근 끝부분이 삐쭉 올라오는 거예요. 안나 양은 어떤 직감이 들어 얼른 그 반지를 뺐습니다. 여태 손가락에서 뺄 수 없던 반지가 아주 쉽게 쑥 빠졌어요. 안나 양이 그 반지를 당근에게 끼우자 당근이 도로 땅속으로 쏙 들어갔고 탄식도 들리지 않았어요. 그런데, 아니, 이게 웬일입니까! 곧바로 안나 양이 예전처럼 예뻐지는 게 아니겠어요. 몸매도 균형을 되찾았고 피부도 알뜰살뜰한 시골 처녀답게 적당히 하얘졌답니다. 두 사람, 안나 양과 답술 폰 차벨타우 씨는 신이 나서 크게 환호성을 질렀지만, 아만두스 폰 네벨슈테른 씨는 완전히 넋이 나가서 여전히 뭐가 뭔지 갈피를 못 잡았지요.

안나 양은 달려오는 하녀장의 손에서 삽을 빼앗고는 신이 나서

"자, 이제 일하자!"

라고 외치며 삽을 이리저리 휘둘렀답니다. 그런데 운이 없어서 그만 아만두스 폰 네벨슈테른 씨의 이마(하필이면 지각중추가 있는 바로 그 부위)를

세게 때리는 바람에 아만두스 씨가 털썩 쓰러져 죽은 사람처럼 꼼짝도 하지 않는 겁니다. 안나 양은 그 살인 도구를 멀리 던져버리고 애인 옆에 털썩 주저앉아 절망의 비명을 질렀답니다. 하녀장은 물뿌리개에 한가득 든 물을 아만두스 씨에게 쏟아부었고, 답술 폰 차벨타우 씨는 서둘러 별들에게 아만두스 폰 네벨슈테른 씨가 진짜 죽었는지 물어보려고 허둥지둥 천문 탑으로 올라갔지요. 하지만 아만두스 폰 네벨슈테른 씨는 얼마 안 가 눈을 번쩍 떴고 쫄딱 젖은 몸을 벌떡 일으키더니 안나 양을 품에 안고 사랑의 환희에 젖에 외쳤습니다.

"오, 세상 무엇보다 소중하고 사랑스러운 나의 안나, 이제 우리는 다시 연인이 되었어요!"

이 사건은 사랑하는 두 사람에게 아주 이상하고 믿기 힘든 영향을 미쳤답니다. 그건 금방 알 수 있었어요. 두 사람의 생각이 아주 묘하게 바꿰었거든요.

안나 양은 삽질을 안 하려고 했고, 진짜 여왕처럼 채소 왕국을 잘 다스렸습니다. 그러니까 신하들이 제대로 보살핌과 관리를 받도록 사랑으로 지켜보았지만, 그 일을 손수 하지는 않고 충직한 하녀들에게 맡겼답니다. 한편 아만두스 폰 네벨슈테른 씨는 자신이 지은 시와 시를 향한 자신의 열정이 전부 다 너무 시시하고 한심하다고 생각하게 되어서, 예전과 현재의 위대한 진짜 시인들의 작품에 심취했습니다. 그러다 보니 유익한 열정이 그의 마음을 가득 채워 자신의 자아를 생각할 자리가 남아나지 않았습니다. 또 그는 자고로 시란 무미건조한 정신착란이 토해내는 정신 사나운 말장난 따위가 아니라는 확신이 들었습니다. 그래서 지금껏 자신을 비웃고 숭배하며 고상한 척 써댔던 그 모든 시 나부랭이를 불 속에 던져넣고는 다시 예전처럼 심성이 곱고 사리가 분명한 청년으로 되돌아왔습니다.

어느 날 아침, 답술 폰 차벨타우 씨는 드디어
천문 탑에서 내려와 안나 양과 아만두스 폰 네벨
슈테른 씨를 데리고 결혼식에 갔습니다.

그날 이후 두 사람은 행복하게 잘 살았습니다.
그러나 답술 폰 차벨타우 씨가 실피데 네하힐라
와 실제로 결혼을 했는지는, 답술하임 연대기에
도 적혀있지 않아요.

옮긴이의 글

한 해가 기우는 계절이 오고, 금방이라도 눈이
쏟아질 듯 날씨가 꾸물꾸물할 때면 문득 크리스
마스 분위기 가득한 아름다운 공연 한 편 관람하
고 싶어진다. 눈 덮인 얼음판에서 스케이트를 타
며 멋진 발레 군무를 선보이는 백조들이 제일 인
기 많은 단골 메뉴겠지만 어린이가 있는 집에서
는 무엇보다 〈호두까기 인형〉을 빼놓을 수가 없
을 것이다. 한해의 문을 닫으며 지난해를 반성하
고 새해의 꿈과 계획으로 잠시 설레어도 좋을 시
간, 뭐니 뭐니 해도 당당하게 생쥐 대왕을 물리
치고 왕자님으로 변신하여 사랑을 고백하는 호

두까기 인형의 달콤한 무대는 잠시나마 팍팍한 현실을 잊고 동화의 세상에 흠뻑 빠질 수 있는 아름다운 시간일 테니 말이다.

그런데 해마다 돌아오는 이 무대는 놀랍게도 몇백 년 전에 탄생한 작품이다. 차이콥스키의 아름다운 음악에 줄거리를 제공한 원작이 독일 낭만주의 작가 E. T. A. 호프만의 〈호두까기 인형과 생쥐 대왕〉이기 때문이다. 그 긴 세월을 지나고서도 여전히 이 작품이 해마다 간택되는 데에는 물론 훌륭한 음악의 공이 크겠으나, 재미나면서도 탄탄한 원작의 몫도 무시할 수 없을 것이다. 그리고 그 사실은 곧 이 작품이 현대인의 마음에도 와닿는다는 점, 다시 말해 작품의 현대성을 입증한다고 하겠다. 〈호두까기 인형과 생쥐 대왕〉 말고도 여전히 현대인들에게 많은 사랑을 받는 호프만의 작품은 많다. 호프만의 유명한 소설 〈모래 사나이〉에 레오 들리브가 곡을 붙인 발레 작품 〈코펠리아〉는 2025년 대한민국 발레 축제에서도 공연이 되었고, 호프만의 단편소설 세 편으로 만든 자크 오펜바흐의 오페라 〈호프만 이야기〉 역시 각국의 오페라 시즌에서 절대 빼놓을 수 없는 메뉴이다. 이 작품은 심지어 영화로도 만들어졌다. 세계적으로 널리 읽히는 그의 문학 작품들이야 두말할 나위가 없을 것이다.

아이러니하지만 우리는 호프만의 현대성을 그의 삶에서도 확인할 수 있다. 그는 말 그대로 과로사했다. 밤낮을 가리지 않고 치열하게 살다가 너무 무리한 탓에 46세라는 젊은 나이로 그만 세상을 뜨고 만 것이다. 평생직장의 신화가 사라진 지금과 달리 대대손손 가업을 이어가던 그 옛날에 그가 요즘 말로 투잡러, 쓰리잡러를 넘어 N잡러였기 때문이다. 그의 묘비에는 이렇게 적혀 있다.

1776년 1월 24일 프로이센
쾨니히스베르크에서 태어나

1822년 6월 25일 베를린에서 세상을 뜨다.
대법원 고문관으로 공직에서 일하며, 작가,
음악가, 화가로도 뛰어났다.

'다재다능'의 꼬리표를 달고 다니는 그는 법관이자 작곡가였고 극장 악장이었으며 음악평론가였고 캐리커처 화가였다. 법학을 전공한 그는 총명한 머리로 열심히 공부하여 사법 시험에 합격하였고 이런저런 공직을 거쳐 대법원 고문관에 이르렀다. 법관으로서 늘 성실히 근무했고, 나폴레옹이 바르샤바를 점령했을 때는 새 정부에 충성을 맹세하지 않아 해임당하기도 했다. 그림 실력도 출중하여 풍자만화를 그렸다가 오지로 좌천되기도 했고, 자기 작품의 표지 그림을 직접 그리기도 했다. 음악에 대한 애정과 사랑은 모차르트에 대한 존경심에 불타서 본명 에른스트 테오도르 빌헬름 호프만의 빌헬름을 아마데우스로 바꾼 사실에서도 잘 드러난다. 음악에 대한 애정 못지않게 실력도 대단해서 그는 오케스트라를 지휘하기도 했고 밤베르크 극장의 악장으로도 활동했으며 음악 비평을 쓰기도 했다. 또 기악곡, 가곡, 합창곡을 작곡했으며, 특히 낭만주의 작가 푸케의 《운디네》에 곡을 붙인 오페라 작품은 왕립 극장 무대에서 큰 성공을 거두기도 했다.

글솜씨도 그 못지않았다. 그가 살던 시대는 낭만주의가 꽃을 피우던 시기였다. 낮에 법관으로 열심히 일하고 퇴근한 그는 《페터 슐레밀의 신기한 이야기》를 쓴 샤미소,《운디네》를 쓴 푸케, 브렌타노, 아르님 등 독일 낭만주의 문학의 대표 주자들과 어울려 술을 마시며 문학과 음악을 논하였다. 당연히 호프만의 대표 작품들에서도 낭만주의의 상징이라 할 환상과 꿈, 분열과 광기의 세상이 폭발한다. 특히 나폴레옹이 실각한 덕분에 다시 베를린으로 돌아올 수 있게 된 1814년부터 세상을 떠날 때까지 8년여 동안 그는 대표작으로 꼽히는 뛰어난 작품들을 줄줄이 쏟아내었다. 법관과 예술가라는 이중적인 삶을 반영한 도플갱어 모티브로 선과 악의 갈등을 다룬 장편소설 《악마의 묘약》은 독일 고딕 소설의 수작으로 꼽히며, 대표작 〈모래 사나이〉, 〈적막한 집〉, 〈돌 심장〉 등의 단편들을 수록한 작품집 《밤 풍경》은 강도, 살인 같은 범죄, 무시무시한 사건과 복수 등을 소재로 어둠과 밤의 세계를 다루며, 《수고양이 무어의 인생관》은 고양이를 앞세워 당대 인간과 사회를 풍자와 유머로 담아내었다는 점에서 나쓰메 소세키의 《나는 고양이로소이다》에 비견되기도 한다. 물론 현실과 환상이 뒤엉키는 〈황금 항아리〉와 한입 베어 문 당근의 독특한 향이 입안 가득 퍼지는 듯한 황홀함을 선사하는 귀여운 동화 〈왕의 신부〉도 빼놓을 수 없는 수작이다.

우리는 이 산더미 같은 대단한 작품들 틈에서, 우리의 '환상과 마법' 시리즈에 가장 잘 어울릴 법한 앙증맞은 작품, 〈왕의 신부〉를 골랐다. 〈왕의 신부〉는 호프만의 작품 중에서 가장 "동화스럽다"는 평가를 받는, 정말이지 어여쁘고 흥겨운 작품이다. 하늘의 별만 올려다보느라 세상사에 통 무심한 아버지와 그 아버지를 대신해서 씩씩하게 농사를 짓고 살림을 꾸려가는 생활력 강한 안나 양, 저 잘난 맛에 살다가 어수룩하게 당하고도 영문을 몰라 어리둥절한 아만두스 씨, 안나 양을 신부로 삼아 땅속 왕국으로 끌고 가려고 갖은 묘책을 쓰지만 결국 시 한 편에 쫄딱 망하고만 채소 왕국의 왕 다우쿠스 카로타는 사랑스럽기 그지없는 캐릭터들이다. 호프만 특유의 풍자와 해학은 동화라고 해도 예외가 아니어서, 입으로는 사랑 타령을 늘어놓으면서 은근슬쩍 조건을 따지며 신랑감을 저울질하는 안나 아가씨의 의뭉스러운 눈치작전은 요즘의 짝짓기 프로그램 출연자들 틈에 슬쩍 앉혀놓아도 전혀 모자람이 없을 것 같다. 욕망에 충실한 여성 주인

공을 앞세운 그의 현대성을 또 한 번 확인하는 대목이다. 하늘의 명을 받든다며 고상한 척만 하던 안나 양의 아버지가 요정과 결혼하고 싶어 채소 왕과 은근히 협상하는 모습에서도 우리는 인간의 이중성의 한 자락을 슬쩍 들추어본 기분이 든다. 더구나 몇백 년 전의 작품이 어떻게 이렇게 재미있을 수 있는지, 지금 우리가 읽어도 어떻게 이렇게 배꼽을 잡을 수 있는지, 작가의 능력과 글솜씨에는 절로 감탄이 터진다.

호프만의 작품은 니케북스의 다른 시리즈에서도 이어질 것이므로, 〈왕의 신부〉에 홀딱 반한 당신이라면 두근두근, 다시 한번 호프만의 세상 한 편을 기대해도 좋을 것 같다.

2026년 2월
장혜경

환상과 마법 03

왕의 신부

초판 1쇄 발행 2026년 3월 20일

지은이 E. T. A. 호프만
옮긴이 장혜경
펴낸이 이혜경
기획 · 관리 김혜림
편집 변묘정, 박은서
디자인 이소정
마케팅 양예린

펴낸곳 니케북스
출판등록 2014년 4월 7일 제300-2014-102호
주소 서울시 종로구 새문안로 92 광화문 오피시아 1717호
전화 (02) 735-9515
팩스 (02) 6499-9518
전자우편 nikebooks@naver.com
블로그 blog.naver.com/nikebooks
페이스북 facebook.com/nikebooks
인스타그램 (니케북스) @nike_books
          (니케주니어) @nikebooks_junior

ⓒ 니케북스 2026

ISBN 979-11-94706-32-8 02850

장혜경
연세대학교 독어독문과를 졸업하고, 동 대학원에서 박사 과정을 수료하였다. 독일 학술교류처 장학생으로 하노버에서 공부했으며, 현재 전문 번역가로 활동 중이다. 《내가 누구인지 아는 것이 왜 중요한가》, 《황야의 이리》, 《데미안》, 《사랑이 어떻게 그대에게 왔던가요》, 《변신》, 《나무수업》, 《우리는 여전히 삶을 사랑하는가》 등 많은 책을 우리 말로 옮겼다.